Lustige Figuren schnitzen

aus Balsaholz

Bassermann

ISBN: 978-3-8094-3831-1

1. Auflage

Idee und Gesamtgestaltung: Norbert Pautner, Berlin
Projektleitung: Birte Dittmann
Herstellung: Claudia Scheike

Druck und Bindung: Alföldi, Debrecen
Printed in Hungary

FSC www.fsc.org MIX Papier aus verantwortungsvollen Quellen FSC® C010328

Verlagsgruppe Random House FSC®N001967

56

30

INHALTSVERZEICHNIS

18

20

24

34

40

36

44

28

SCHNITZEN MIT BALSAHOLZ

Balsaholz ist ein sehr leichtes und weiches Holz, das ganz einfach zu bearbeiten ist: Kleine Kerben lassen sich schon mit dem Fingernagel machen.

Gerade weil es weich ist, eignet sich Balsaholz gut für Schnitzanfänger. Es ist – im Unterschied zu Seife oder Karotten – ein „richtiges" Holz; es hat eine Maserung und verhält sich auch sonst wie härteres Schnitzholz – nur braucht man nicht so viel Kraft zum Schnitzen.

SCHNITZEN MIT DER MASERUNG

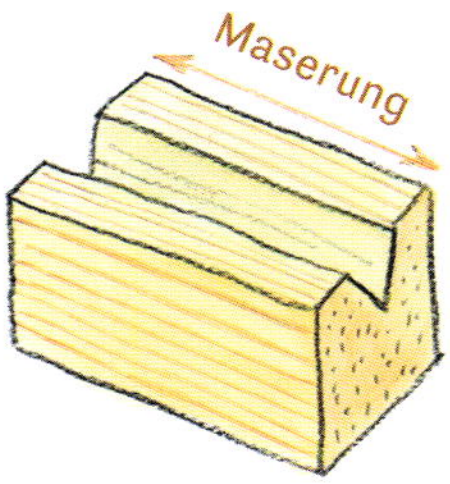

Ein Einschnitt in Richtung der Maserung ist sehr leicht zu schnitzen.

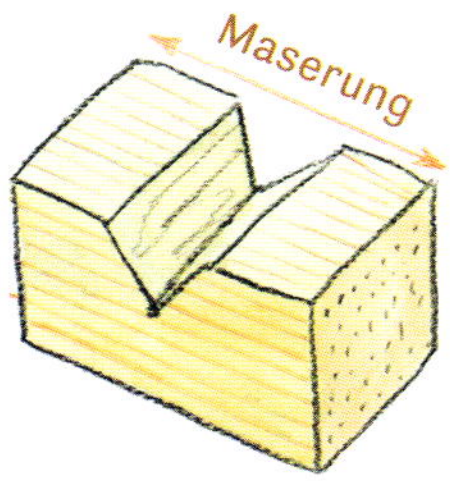

Ein Einschnitt quer zur Maserung ist nicht so leicht, aber immer noch gut zu schnitzen.

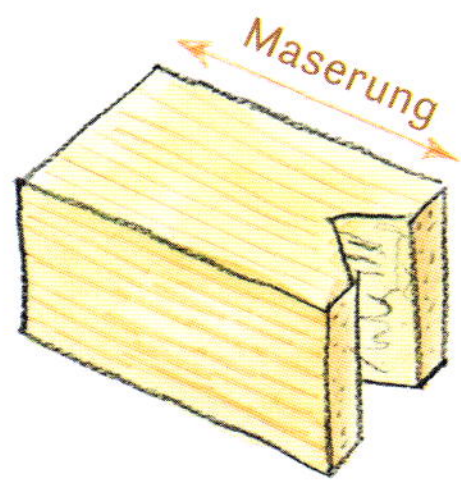

Ein Einschnitt, der gegen die Maserung ansetzt, ist nur sehr schwer zu schnitzen.

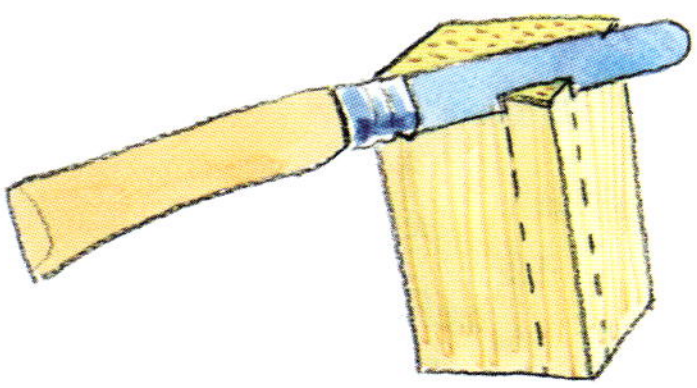

Mit der Maserung schnitzen (1): Setzt der Schnitt gegen die Maserung an, kann das Holz sich leicht spalten.

Mit der Maserung schnitzen (2): Setzt der Schnitt in Richtung der Maserung an, lassen sich leicht flache Späne wegschnitzen.

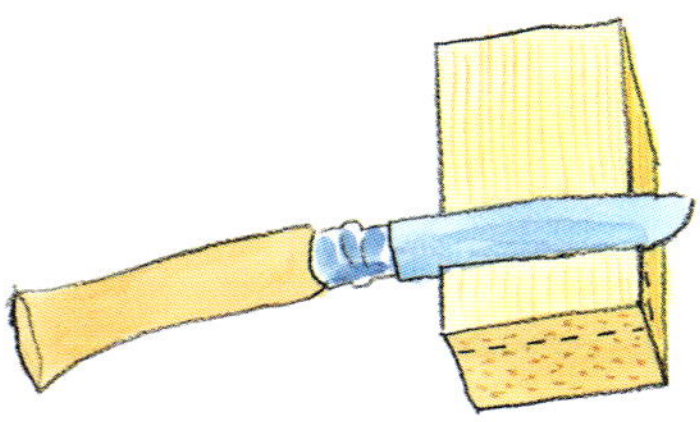

Gegen die Maserung schnitzen (1): Setzt der Schnitt mit der Maserung an, lassen sich leicht kurze flache Späne wegschnitzen.

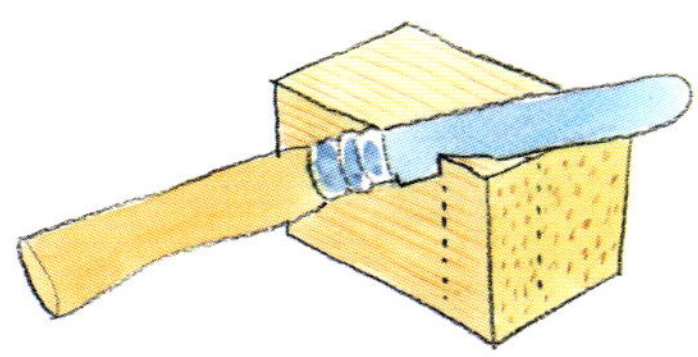

Gegen die Maserung schnitzen (2): Setzt der Schnitt gegen die Maserung an, lassen sich nur kurze, krümelige Späne wegschnitzen.

Folgende Hölzer wurden für die Schnitzprojekte in diesem Buch verwendet:

Kantholz 8 x 8 cm

Kantholz 5 x 5 cm

Kantholz bzw.
Vierkantleiste 3 x 3 cm

Brett 10 cm breit,
1,5 cm stark

(Bezugsadressen auf Seite 13)

MESSER

Es gibt spezielle Kinderschnitzmesser – ein Taschenmesser eignet sich nicht zum Schnitzen.

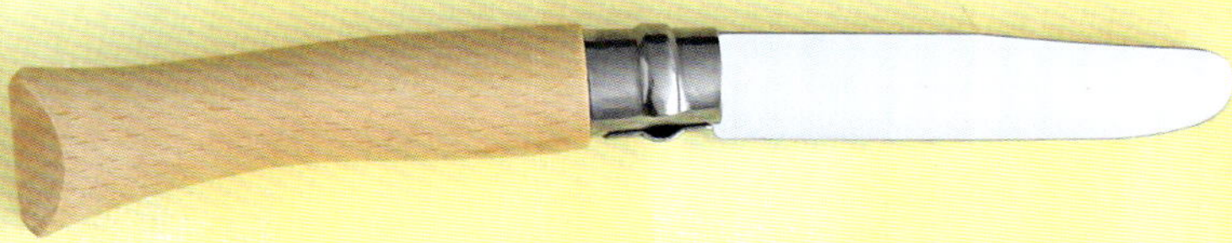

Ein gutes Schnitzmesser für Kinder sollte eine relativ lange Klinge und eine abgerundete Spitze haben. Ist die Klinge ausklappbar, muss sie sicher arretiert werden können. Außerdem sollte die Klinge gut nachzuschärfen sein.

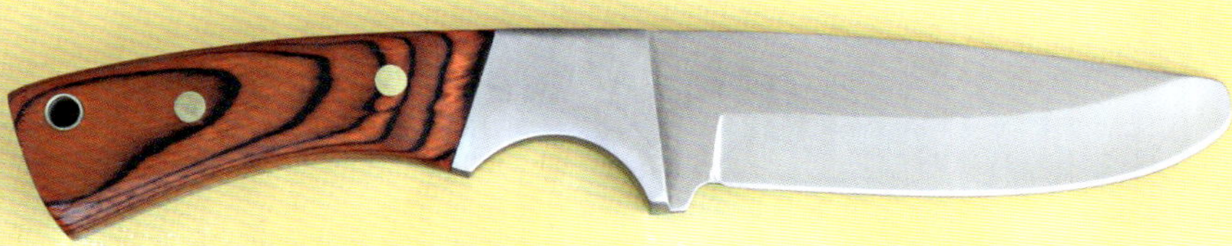

Messer mit feststehender Klinge wiegen oft etwas mehr.

Bei der Auswahl der Schnittschutzhandschuhe darauf achten, dass der ausgewählte Handschuh ausreichend Schutz gegen Messerschnitte bietet. Außerdem sollten die Handschuhe bequem passen.

Die Messer sicher verwahren, wenn sie nicht in Gebrauch sind: Die Schneide vorsichtig einklappen oder in die Scheide stecken.

9 SCHNITZREGELN

1 Ein Messer ist ein Werkzeug (kein Spielzeug).

Nicht damit herumwerfen, nicht vor Menschen damit herumfuchteln und schon gar nicht, auch nicht im Spiel, als Waffe benutzen.

2 Wer schnitzt, der sitzt.

Schnitze nicht im Stehen oder einfach „mal so“ und „zwischendrin“. Nimm dir Zeit zum Schnitzen. Richte dir am besten einen Schnitz-Arbeitsplatz ein.

3 Nicht allein schnitzen.

Wenn du schnitzt, sollte immer ein Erwachsener in der Nähe sein: Er oder sie kann dir beim Sägen helfen, das Messer nachschärfen oder – falls du dich wirklich einmal verletzen solltest – ganz schnell helfen.

4 Abstand halten!

Halte immer mindestens eine Armlänge Abstand zu deinem Nachbarn, damit du ihn nicht verletzt, falls dir einmal beim Schnitzen das Messer abrutschen sollte.

5 Nur mit scharfer Klinge schnitzen.

Ein stumpfes Messer kann schnell vom Holz abrutschen – ist aber immer noch scharf genug, um dich zu verletzen!

6 Immer vom Köper weg!

Drehe dein Werkstück immer so, dass du vom Körper weg schnitzen kannst. Die Hand, die das Werkstück hält, ist immer näher am Körper als die Hand, die schnitzt.

7 Nie ohne Handschuhe.

Auch wenn du dich erst daran gewöhnen musst: Bevor du mit dem Schnitzen anfängst, immer schnittfeste Schutzhandschuhe (z. B. aus dem Baumarkt) anziehen. Sie sind ein wichtiger Schutz vor Verletzungen.

8 Wird nicht geschnitzt, bleibt das Messer zu.

Klappe das Messer vorsichtig ein oder stecke die Schneide in die Scheide, damit sich niemand durch ein herumliegendes Messer unabsichtlich verletzen kann. Lass darum auch keine Werkzeuge wie Säge oder Bohrer offen herumliegen.

9 Nie in lebende Bäume schnitzen.

Fürs Schnitzen gibt es geeignetes Holz, das entsprechend dafür vorbereitet ist. Es gibt also überhaupt keinen Grund, lebendige Pflanzen zu verletzen und ihnen Schaden zuzufügen. Darum brichst du auch keine Äste von Bäumen ab.

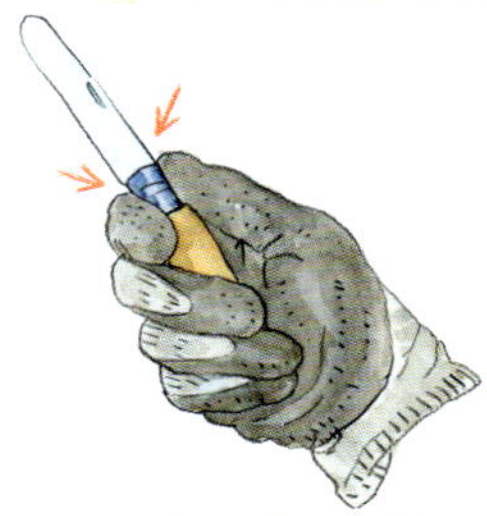

Das Messer immer unterhalb der Schneide anfassen. Der Daumen liegt auf dem Rücken des Messers.

SCHNITZ-TIPPS

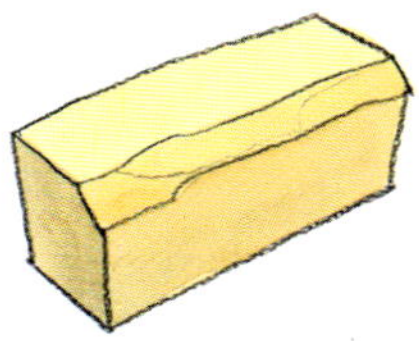

Abrunden: Von einer Kante einen Span wegschnitzen.

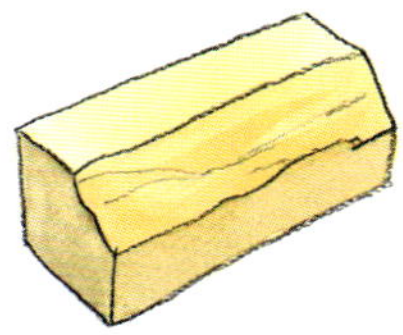

Weitere Späne wegschnitzen und die Schräge verbreitern.

Dünne Späne an den Kanten der Schräge wegschnitzen.

Anspitzen: Zum Ende hin die Kanten schräg wegschnitzen.

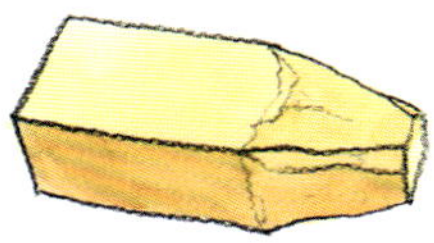

Dann die Seiten zum Ende hin schräg wegschnitzen.

So oft wiederholen, bis das Ende spitz zuläuft.

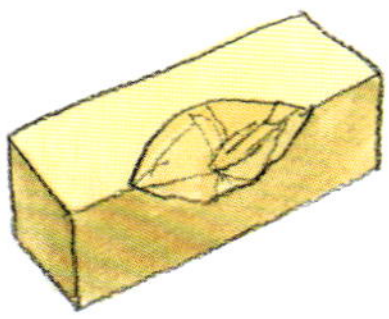

Runder Ausschnitt: Zunächst an einer Kante eine halbrunde Kerbe wegschnitzen.

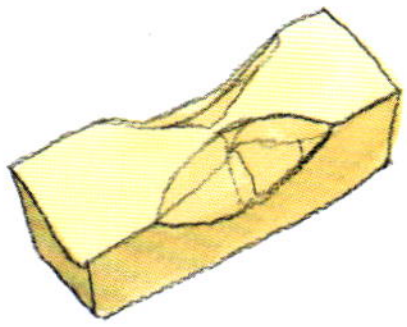

An der gegenüberliegenden Kante ebenfalls eine halbrunde Kerbe wegschnitzen.

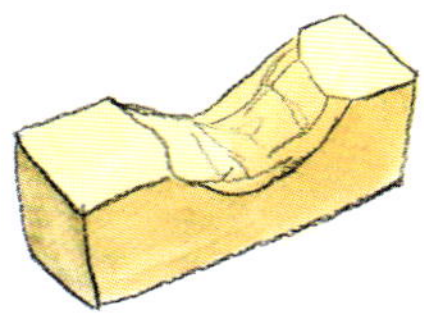

Den Grat zwischen den Kerben Span für Span von oben nach unten wegschnitzen.

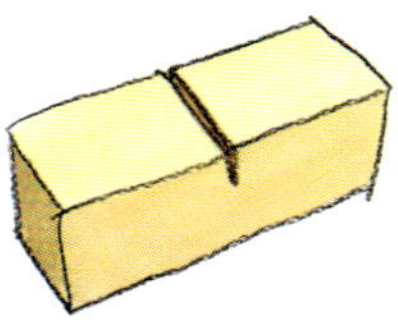

V-förmiger Ausschnitt: Zunächst einen senkrechten Einschnitt sägen.

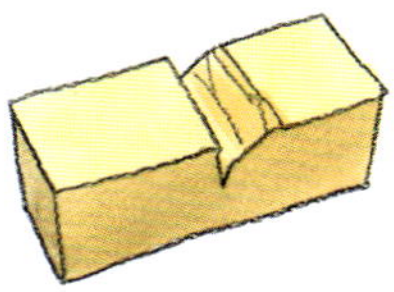

Eine Schräge von der Seite zum Einschnitt hin Span für Span wegschnitzen.

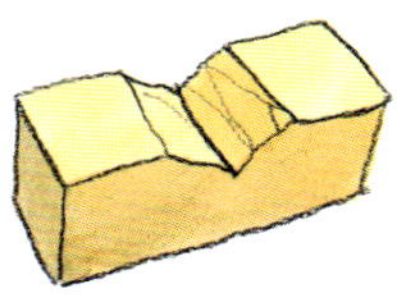

Zum Schluss von der anderen Seite eine Schräge zum Einschnitt hin wegschnitzen.

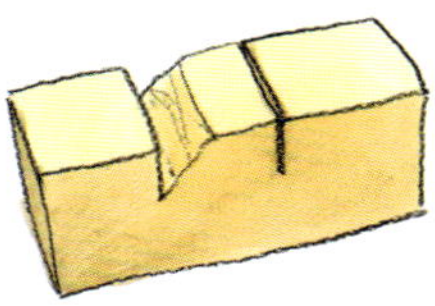

Gerader Ausschnitt: Eine Schräge zu einem der Einschnitte hin wegschnitzen.

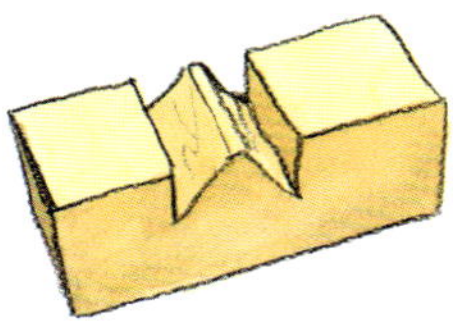

Eine zweite Schräge von der Mitte zum anderen Einschnitt hin wegschnitzen.

Span für Span von oben nach unten den Rest in der Mitte wegschnitzen.

WERKZEUG

Bleistift und Lineal brauchst du, um die richtigen Maße anzuzeichnen und um die Vorlagen auf das Holz zu übertragen.

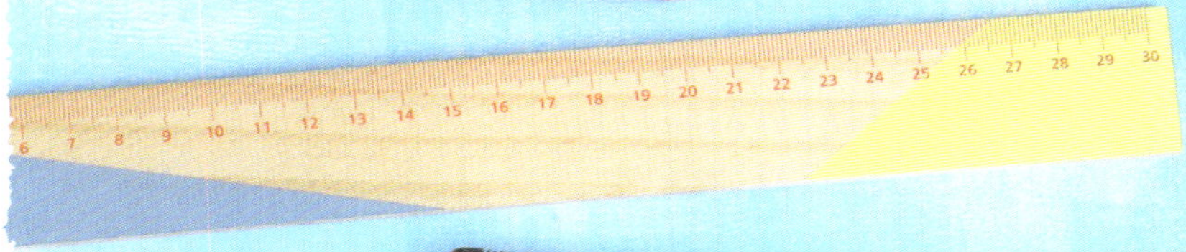

Eine Säge zum Zurechtsägen von Balsaholz sollte möglichst fein gezahnt sein.

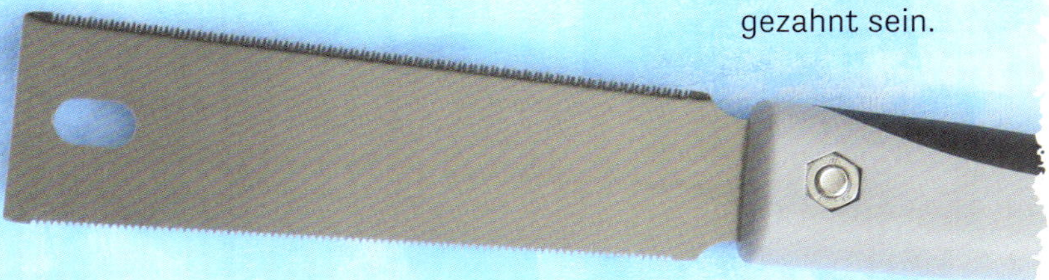

Eine Japansäge gibt es schon recht preiswert im Baumarkt.

Auch Metallsägeblätter funktionieren beim Sägen von Balsaholz überraschend gut.

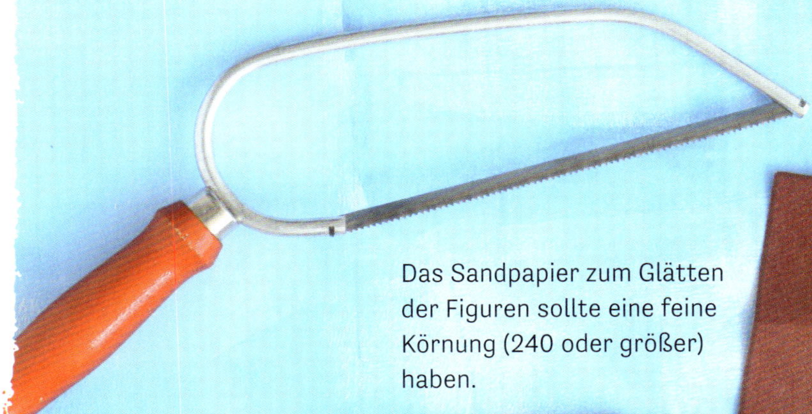

Das Sandpapier zum Glätten der Figuren sollte eine feine Körnung (240 oder größer) haben.

Mit einem Embossingstift (oder auch einer Stricknadel) lassen sich Rillen ins Holz zeichnen.

Am besten klebt man Balsaholz mit Holzleim.

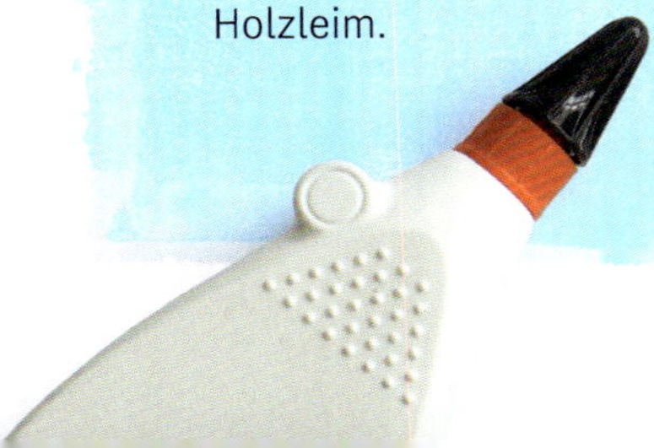

Einen Nagelbohrer kann man auch gut gebrauchen.

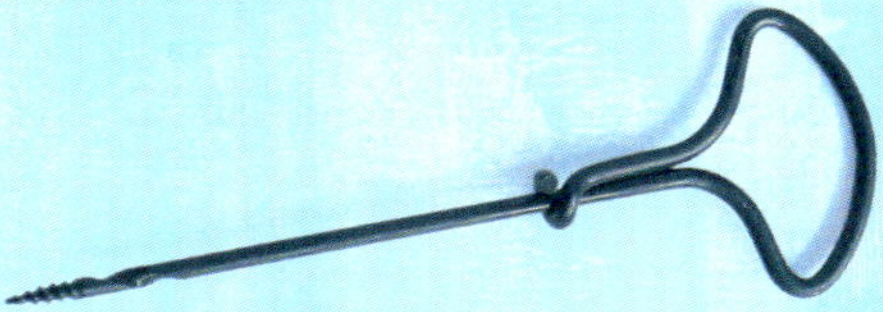

MATERIAL

ZAHNSTOCHER

Für stabilere Verbindungen kann man die zu klebenden Teile zusätzlich mit Zahnstochern „dübeln“.

FARBEN

Balsaholz lässt sich mit ganz normalen Deckfarben oder Filzstiften bemalen. Dafür sollte aber der Staub, der beim Schnitzen und Schleifen entsteht, vollständig entfernt sein, sonst haftet die Farbe nicht gut. Wer möchte, kann seinen Figuren mit Klarlack einen besonderen Glanz verleihen.

NASEN UND AUGEN

Stecknadeln kannst du für Augen aber auch als Nase verwenden.

Die Köpfe der Markiernadeln sind größer als die der Stecknadeln. Sie haben auch oft kürzere Stifte.

Pinnwandnadeln eignen sich sehr gut als Nasen.

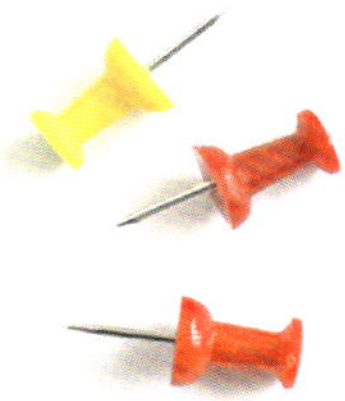

Lass dir die Stecknadeln von einem Erwachsenen auf etwa 1 cm Länge kürzen. So lassen sie sich ganz ins Holz stecken.

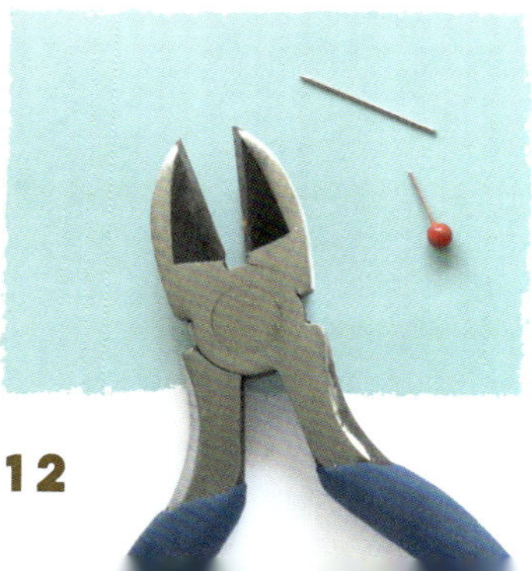

Wackelaugen in verschiedenen Größen klebst du ganz einfach mit Alleskleber oder Holzleim auf.

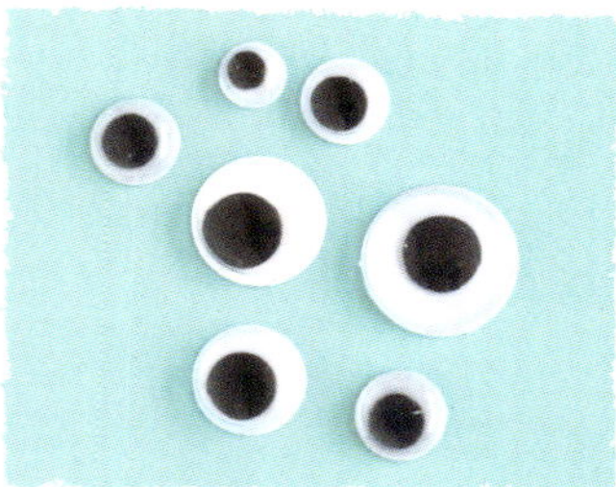

Für ganz besondere Augen zeichnest du mit einem wasserfesten Filzstift Pupillen auf Heftzwecken auf.

ARBEITSPLATZ

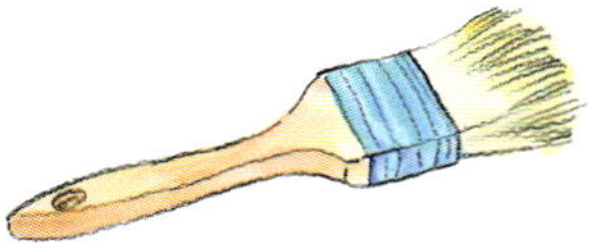
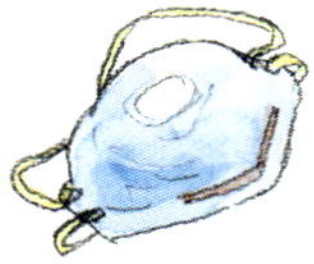
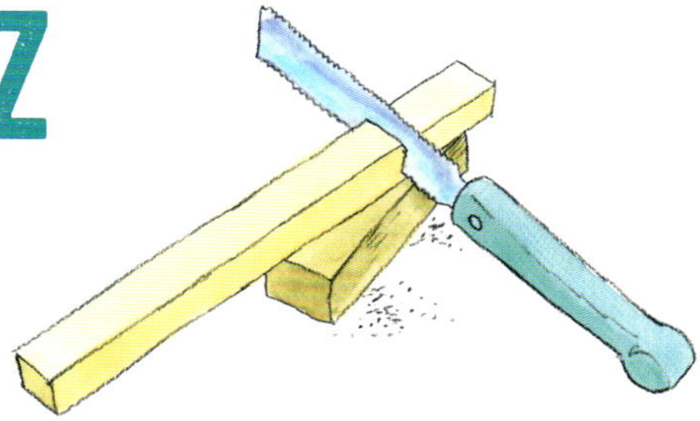

Beim Sägen, Schnitzen und vor allem beim Schmirgeln staubt es ordentlich. Halte den Arbeitsplatz mit einem groben Pinsel sauber und schütze dich eventuell auch mit einer Feinstaubmaske (aus dem Baumarkt).

Wenn ein Kantholz oder Brett zurechtgesägt wird, immer einen härteren Holzklotz unterlegen.

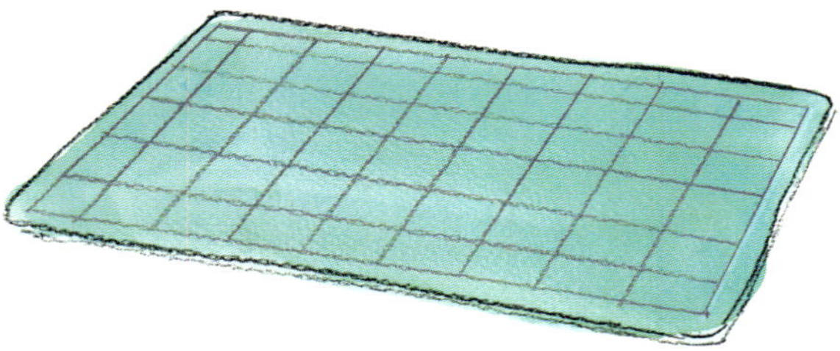

Da es irgendwann wahrscheinlich doch passiert, dass du mit dem Messer abrutschst, solltest du den Tisch durch eine Schneidematte aus Kunststoff schützen.

Beim Sägen und Schnitzen wackelt der Tisch. Darum das Wasser zum Malen vorm Schnitzen wegräumen.

WO BEKOMME ICH WAS?

Balsaholz, vor allem in der Stärke, wie es zum Schnitzen benötigt wird, hat leider nicht jeder Hobbyladen vorrätig. Darum hier eine kurze Liste mit Bezugsadressen aus dem Internet:

https://www.modulor.de/balsa-kanthoelzer.html
https://www.architekturbedarf.de/holz/balsabrettchen
https://www.balsabar-shop.de
http://www.spiel-holz.com
http://www.heerdegen-balsaholz.de/home_ger.htm

Alle möglichen Arten von Steck-, Markier- und Pinnwandnadeln findet man bei:
http://www.stecknadeln.com

Übrigens: Die Vorlagen von Seite 60 bis 63 gibt es auch als Download:
http://www.bassermann-verlag.de/balsaholz_schnitzen

PILZ

DAS BRAUCHST DU:

Balsaholz 6 x 5 x 5 cm

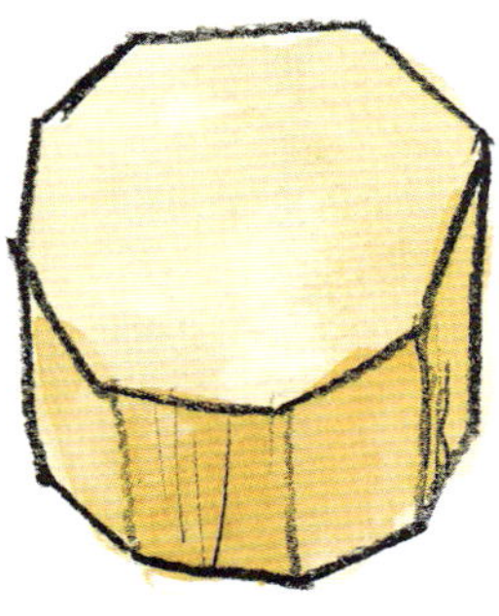

1

Die Ecken entlang der 6 cm langen Kanten Span um Span wegschnitzen, bis ein achteckiger Klotz entstanden ist.

2

Alle Kanten nun vorsichtig immer weiter wegschnitzen, bis ein Rundholz enstanden ist.

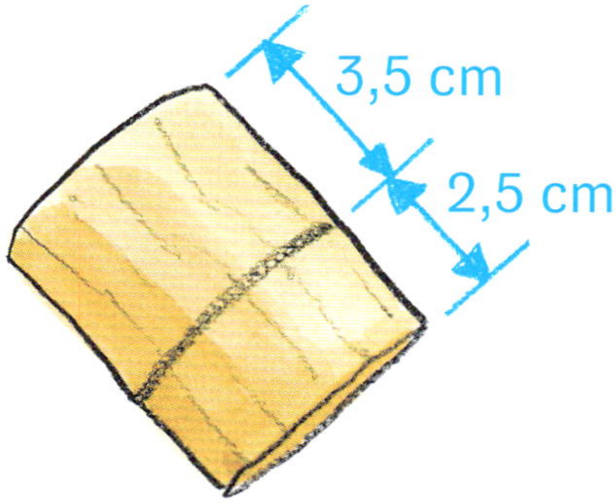

3

Einen 2,5 cm langen Abschnitt markieren und rings um das Rundholz einen Strich anzeichnen. Den Strich entlang das Rundholz wenige Millimeter tief einsägen.

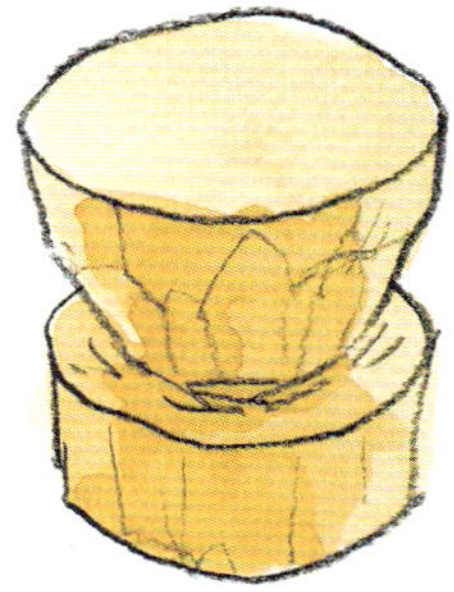

4

Den Klotz mit dem 2,5 cm langen Abschnitt nach unten hinstellen. Von oben nach unten zum Einschnitt hin Span für Span wegschnitzen, sodass ringsum eine Schräge entsteht.

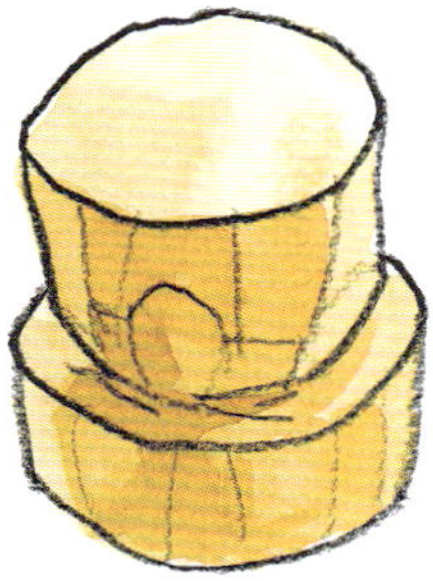

5

Den oberen 3,5 cm langen Teil des Rundholzes dünner machen: Ringsum Span für Span abtragen, bis der Stiel des Pilzes deutlich dünner ist als der Schirm.

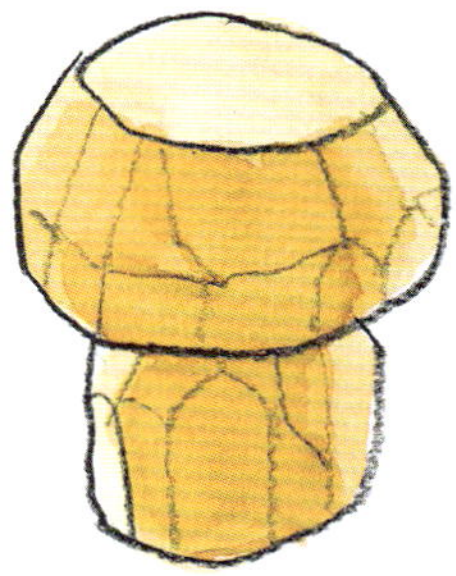

6

Den Klotz umdrehen. Die obere Kante des Schirms abrunden: Zuerst die Kante Span um Span schräg wegschnitzen.

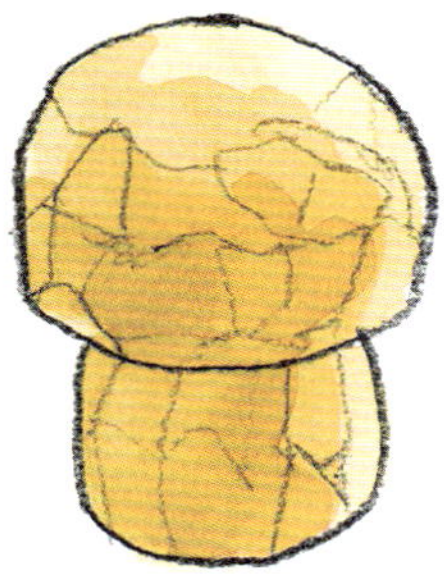

7

Den Schirm weiter abrunden: Vorsichtig kleine Späne wegschnitzen, bis aus dem Schirm eine Art Halbkugel geworden ist.

8

Zum Schluss den Pilz mit Sandpapier sorgfältig glätten. Dann Schirm und Stiel bemalen.

PINGUIN

DAS BRAUCHST DU:

2 Stecknadeln, 1 Pinnwandnadel

Balsaholz 12 x 5 x 5 cm

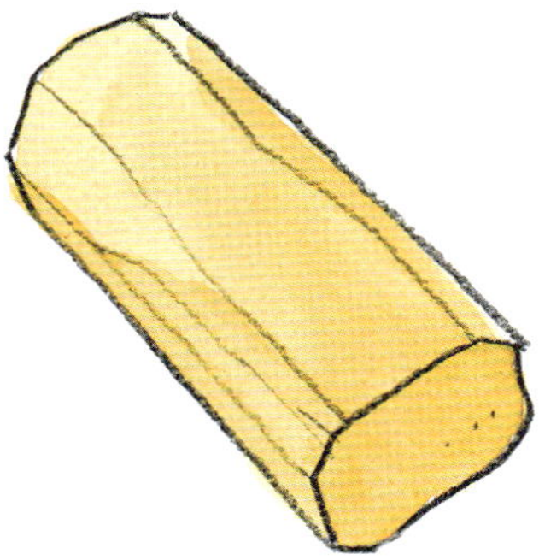

1

Die Ecken entlang der langen Seite Span um Span wegschnitzen, bis ein achteckiger Klotz entstanden ist.

2

Alle Kanten nun vorsichtig immer weiter wegschnitzen, bis ein Rundholz enstanden ist.

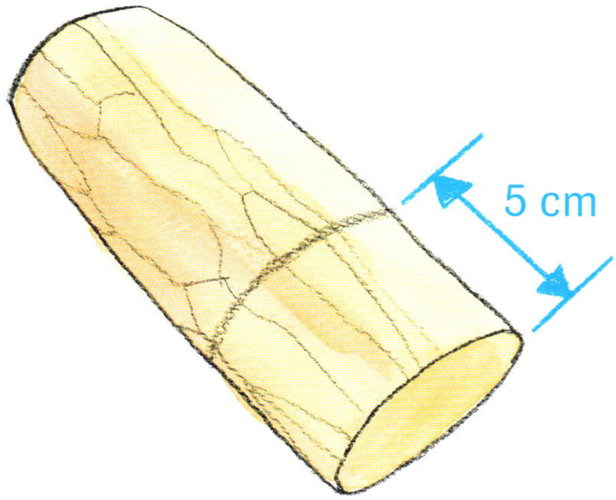

3

Für den Kopf einen 5 cm langen Abschnitt markieren und rings um das Rundholz einen Strich anzeichnen. Den Strich entlang das Rundholz wenige Millimeter tief einsägen.

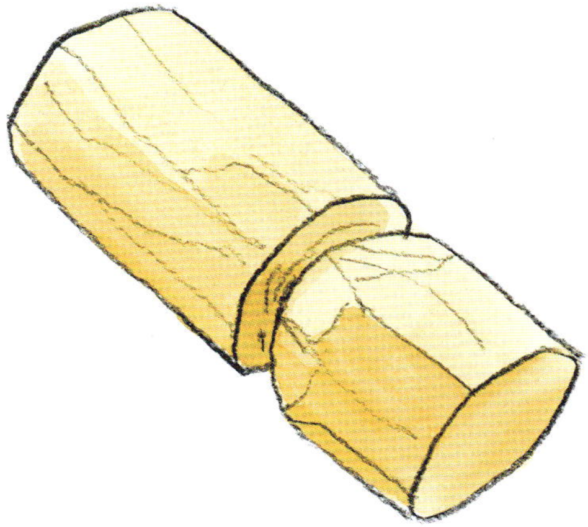

4

Am Kopfende zum Einschnitt hin Span für Span wegschnitzen, sodass ringsum über dem Einschnitt eine Schräge entsteht.

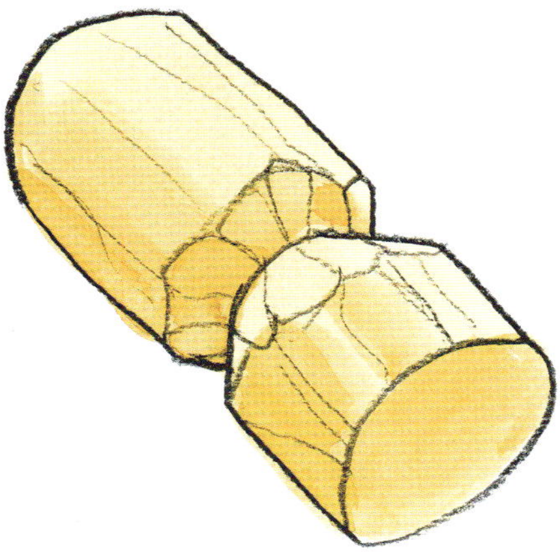

5

Jetzt vom Körper (dem langen Abschnitt) zum Einschnitt hin Span für Span wegschnitzen, sodass rings um den Einschnitt eine V-förmige Kerbe entsteht.

6

Den Kopf rund schnitzen: Dafür zunächst die Kante am kurzen Ende Span um Span schräg wegschnitzen. Dann rundum immer wieder vorsichtig kleine Späne wegschnitzen, bis der Kopf kugelrund geworden ist.

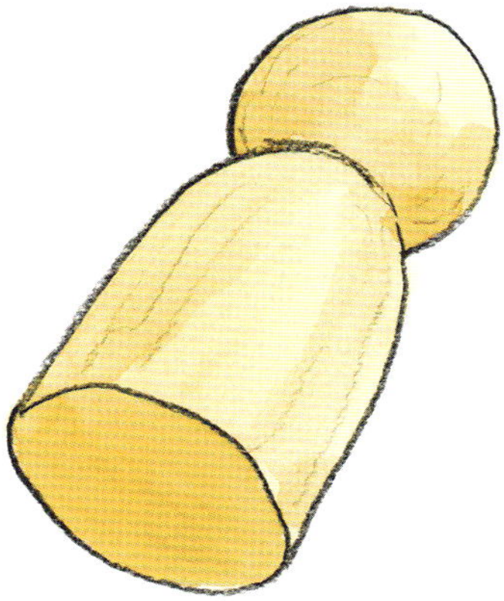

7

Nachdem der Kopf rund geschnitzt worden ist, noch die Schulter abrunden: Vorsichtig lange, nicht zu dicke Späne vom Körper in Richtung Kerbe wegschnitzen.

8

Nach dem Schnitzen den Pinguin mit Sandpapier sorgfältig glätten. Anschließend kann er bemalt werden. Zum Schluss Schnabel und Augen mit den Nadeln hinzufügen.

PINGUINKÜKEN

Das Pinguinküken wird wie der große Pinguin geschnitzt – nur aus einem kleineren Stück Holz.

DAS BRAUCHST DU:

Balsaholz 7 x 3 x 3 cm

2 Stecknadeln, 1 Markiernadel

EULE

Mit einer anderen Bemalung wird aus dem Pinguin eine Eule.

DAS BRAUCHST DU NOCH:

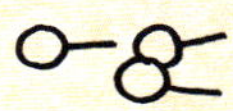

3 Markiernadeln

KOKESHI

Auch die japanische Figur schnitzt du wie den Pinguin.

WICHTEL

DAS BRAUCHST DU:

2 Stecknadeln, 1 Markiernadel

Balsaholz 12 x 5 x 5 cm

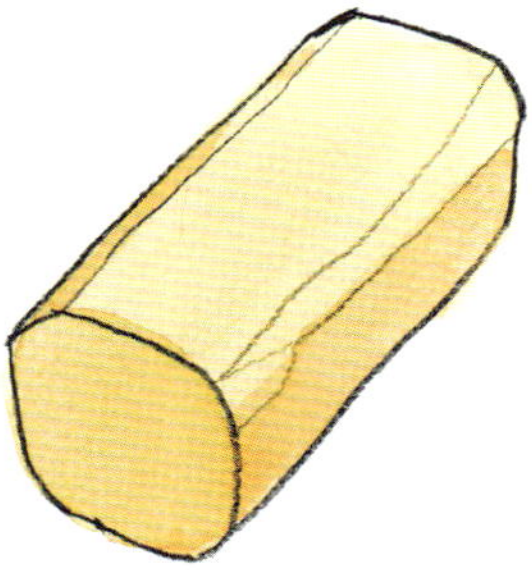

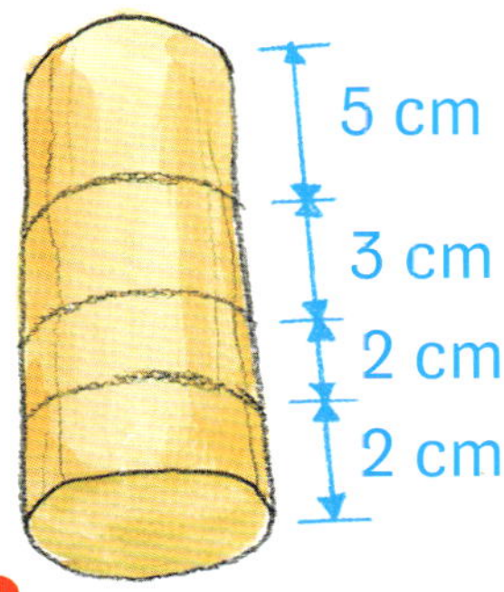

1

Die langen Kanten Span für Span wegschnitzen, bis ein achteckiger Klotz entstanden ist.

2

Alle Kanten vorsichtig immer weiter wegschnitzen, bis ein Rundholz enstanden ist.

3

Die Abstände wie auf der Abbildung auf dem Rundholz anzeichnen.

4

Den 5 cm langen Abschnitt zu einer Spitze schnitzen: Zum Ende hin Span für Span wegschnitzen. Dazwischen das Rundholz immer wieder etwas weiter drehen.

5

Entlang der zweiten Linie von unten ringsum einschneiden oder wenige Millimeter tief einsägen. Dann von der Spitze her zum Einschnitt hin Span für Span wegschnitzen.

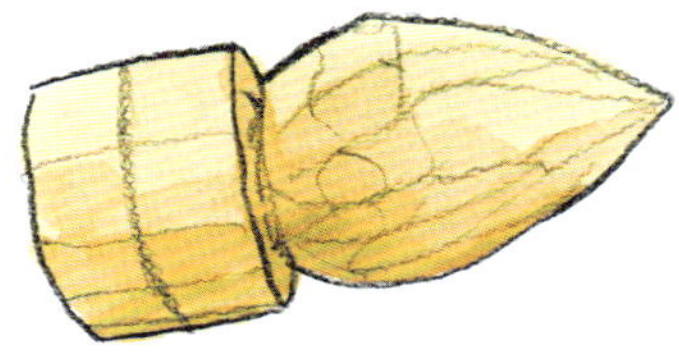

6

Wenn ringsum über dem Einschnitt eine Schräge entstanden ist, diese noch abrunden. Das ist später der Kopf des Wichtels.

7

Von der unteren Markierung zum Einschnitt hin Span für Span abtragen, sodass eine V-förmige Kerbe entsteht.

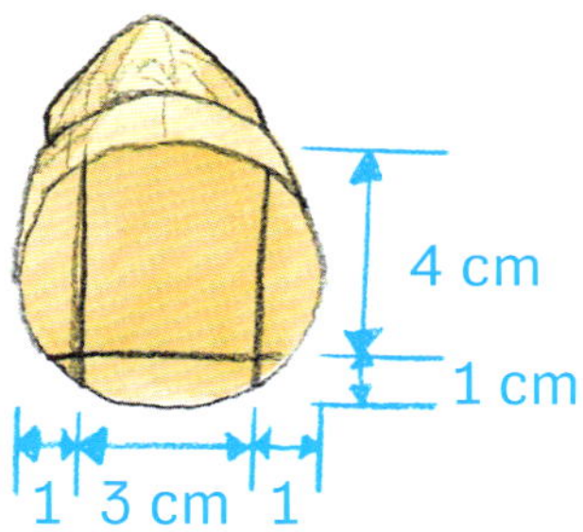

8

Auf dem Boden der Figur die Abstände wie auf dem Bild anzeichnen. Die spätere Vorderseite ist im Bild oben.

9

Nun die untere Markierung entlang das Rundholz wenige Millimeter tief einsägen.

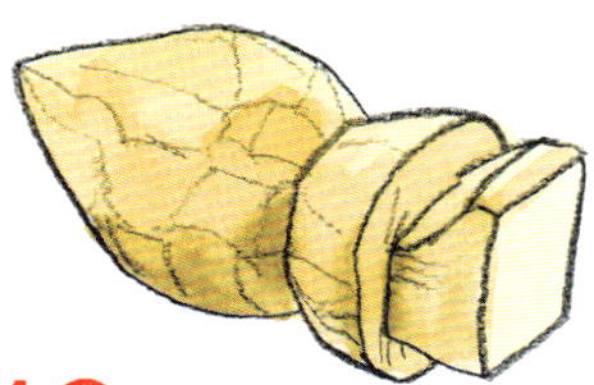

10

Am unteren Ende einen viereckigen Sockel schnitzen. Diesen dann an der Vorderseite abschrägen.

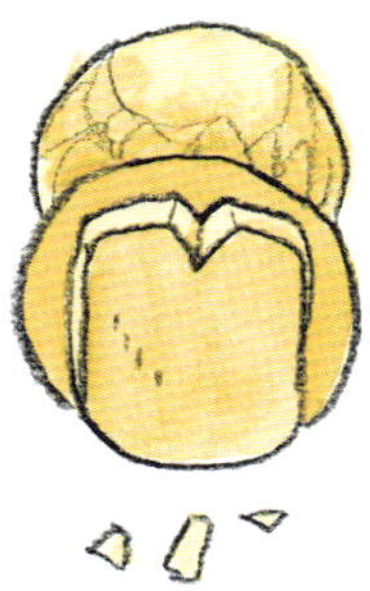

11

An der Vorderseite der Füße eine Kerbe einschneiden und die hinteren Ecken abrunden.

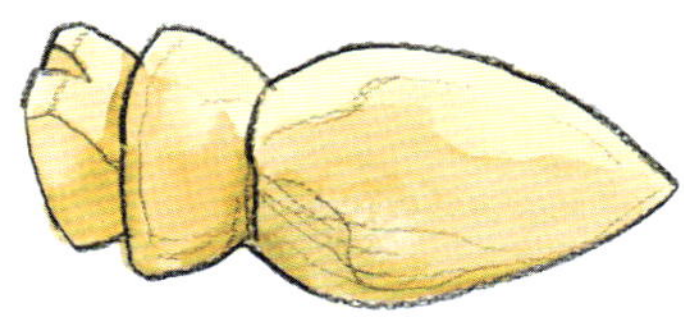

12

Den Wichtel mit Sandpapier glätten. Anschließend kann er bemalt werden. Nase und Augen nicht vergessen.

SCHLANGE

DAS BRAUCHST DU:

2 Stecknadeln

Balsaholz 15 x 3 x 3 cm

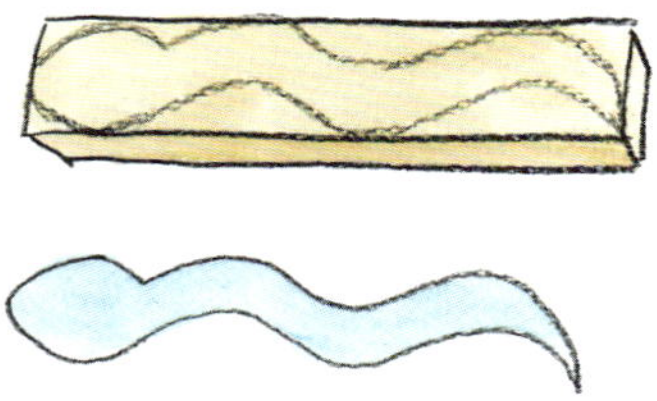

1

Die Vorlage von Seite 60 auf das Holzstück übertragen.

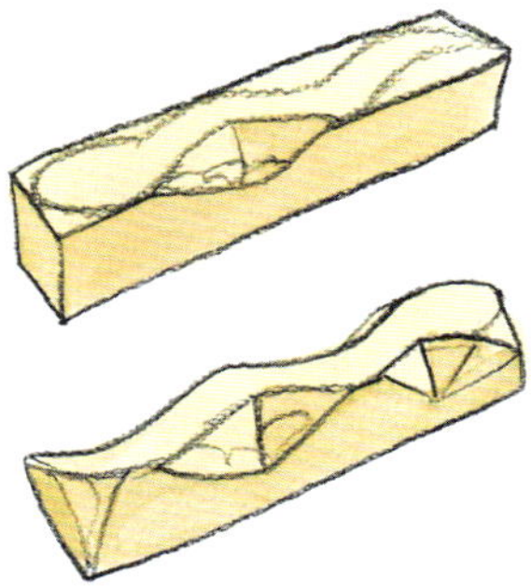

2

Die Form der Schlange herausarbeiten: Entlang der Vorzeichnung rechts und links Kerben wegschnitzen.

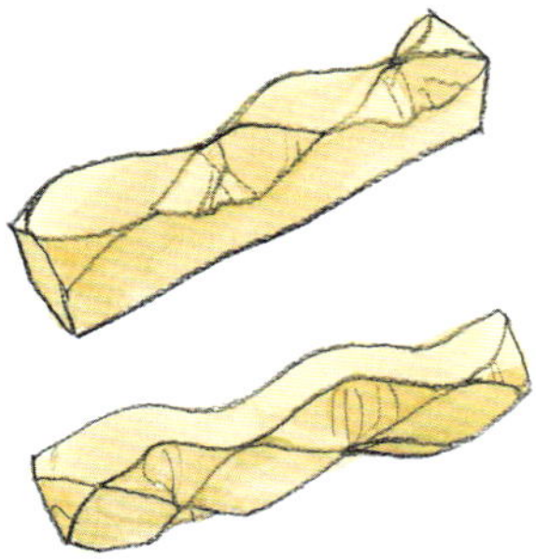

3

Das Holzstück auf die Seite legen und an der Unterseite kerbenförmig die Schlangenform schnitzen.

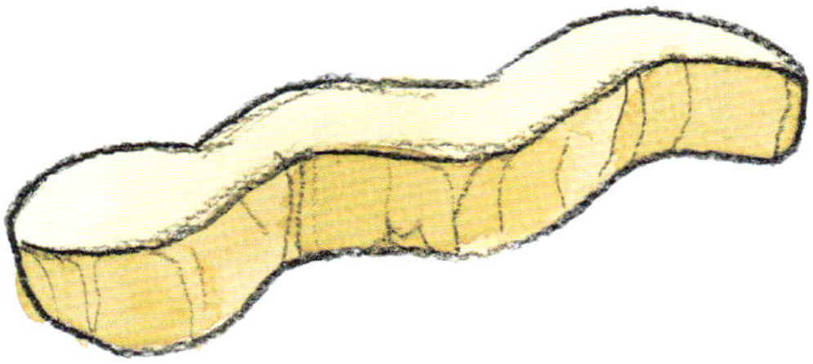

4

Die Schlangenform fertigschnitzen. Dazu die Kerben an den Seiten verbinden.

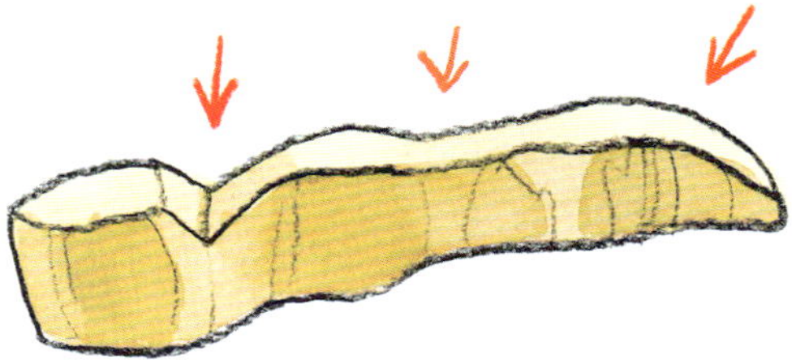

5

Auf der Oberseite eine Kerbe hinter dem späteren Kopf einschnitzen. In den Rücken eine leichte Delle hineinschnitzen. Am Schwanz schräg nach unten schnitzen, sodass eine Spitze entsteht.

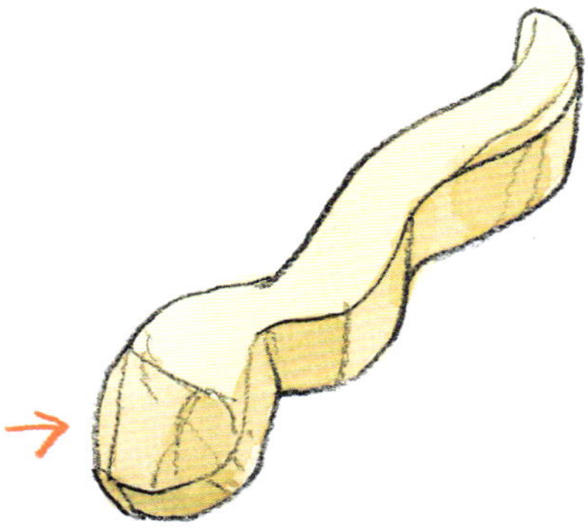

6

Den Kopf vorne anspitzen: Vorsichtig kleine Späne zur Schnauze hin wegschnitzen.

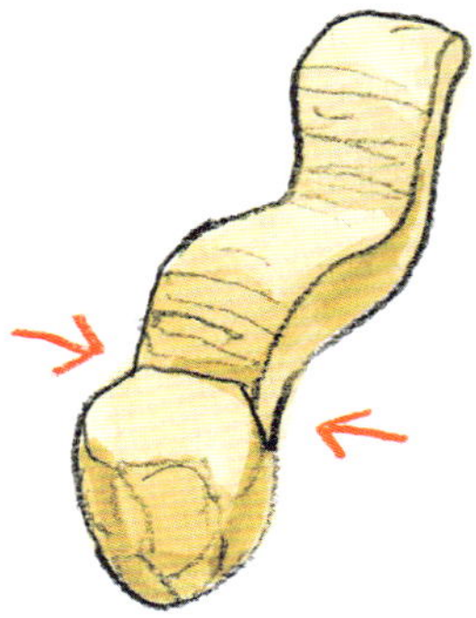

7

Den Kopf insgesamt etwas runder machen. Dazu die Kanten abrunden und hinterm Kopf eine leichte V-förmige Kerbe schnitzen.

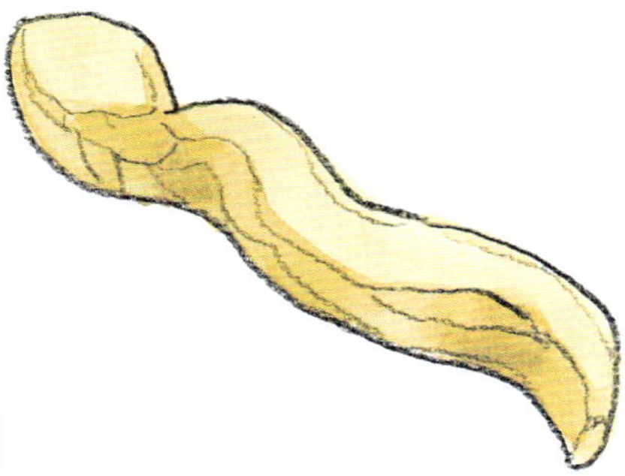

8

Die Kanten des Körpers abrunden: Span für Span die Ecken wegschnitzen. Dadurch wird der Körper insgesamt gleichmäßiger.

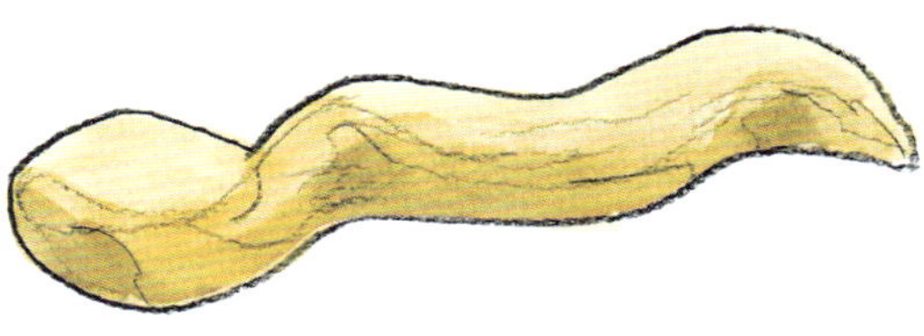

9

Die Schlange mit Sandpapier sorgfältig glätten. Anschließend bemalen und zum Schluss mit den Nadeln die Augen hinzufügen.

KATZE

DAS BRAUCHST DU:

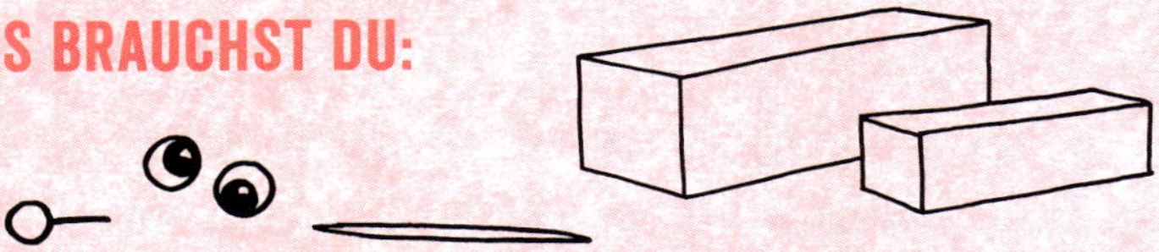

1 Markiernadel, 2 Wackelaugen, 1 Zahnstocher

Balsaholz 12 x 5 × 5 cm, Balsaholz 9 x 3 × 3 cm

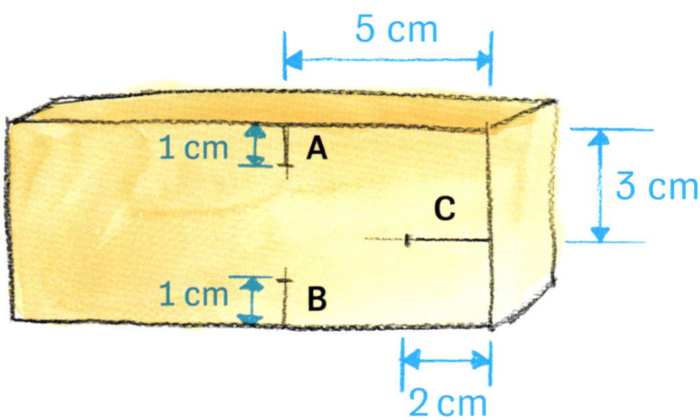

1

Auf dem größeren Holzklotz die drei Linien A, B und C wie auf der Abbildung mit Lineal und Bleistift sorgfältig abmessen und anzeichen. Auf der Abbildung liegt der spätere Rücken der Katze unten.

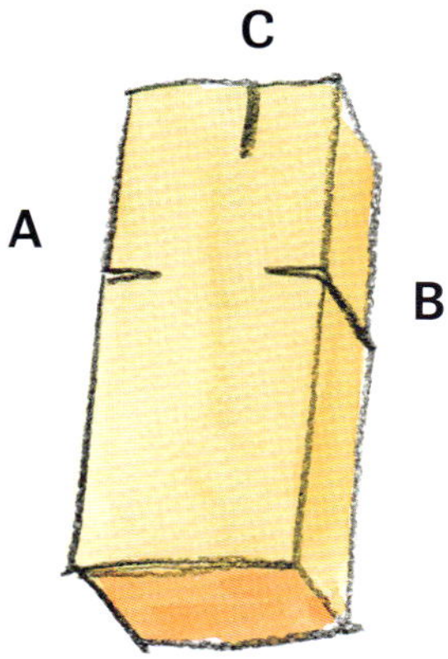

2

Das Balsaholz entlang der drei angezeichneten Linien einsägen.

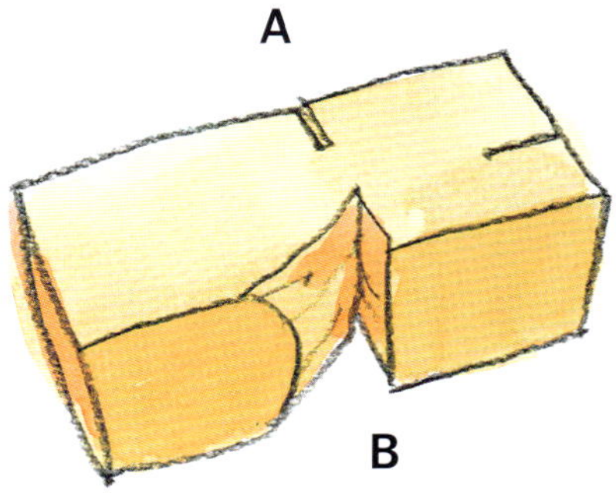

3

Vom längeren, unteren Teil des späteren Rückens Span für Span wegschnitzen, sodass zum Einschnitt B hin eine Schräge entsteht.

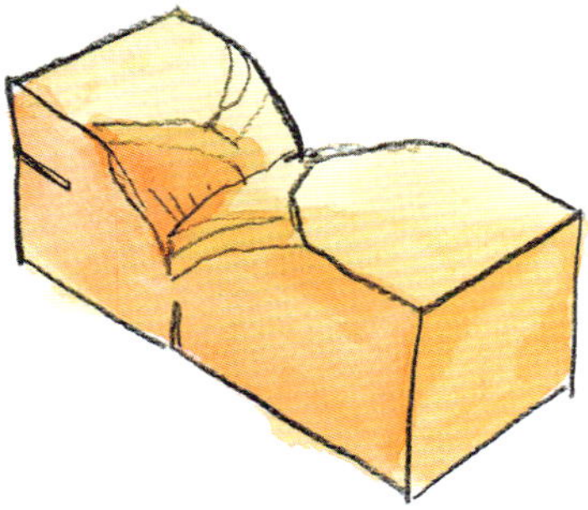

4

Auch an der Unterseite des späteren Kopfes zum Einschnitt hin Span für Span wegschnitzen, bis eine V-förmige Kerbe entstanden ist.

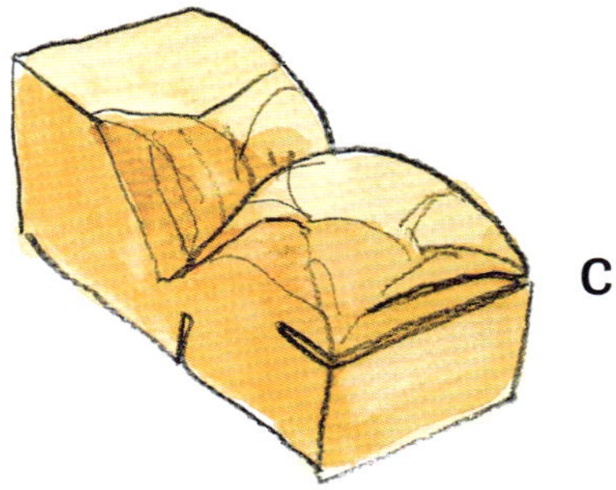

5

Anschließend den Hinterkopf nach allen Seiten hin abrunden. Nicht über Einschnitt C hinwegschnitzen.

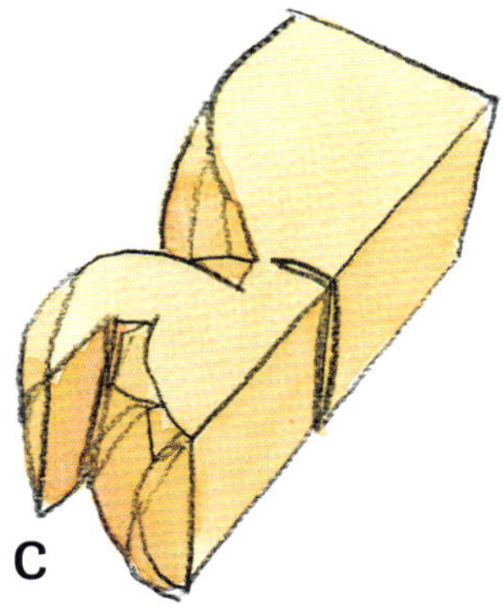

6

Von der Vorderkante des Kopfes zum Einschnitt C hin Span für Span wegschnitzen.

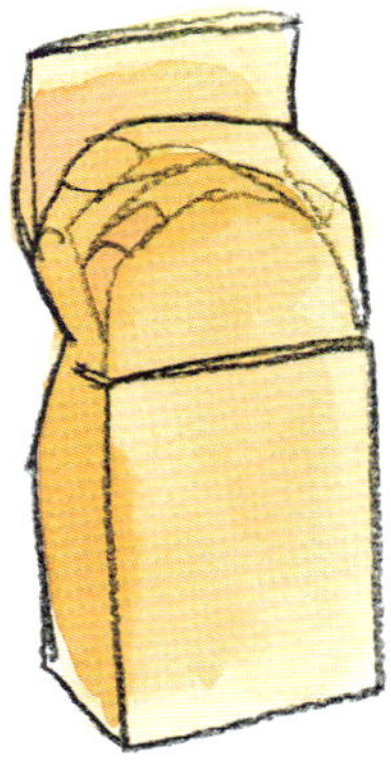

7

Am Kopf zur Vorderseite hin weitere Späne wegschnitzen, sodass eine gerade Fläche entsteht. Dies werden später die Ohren.

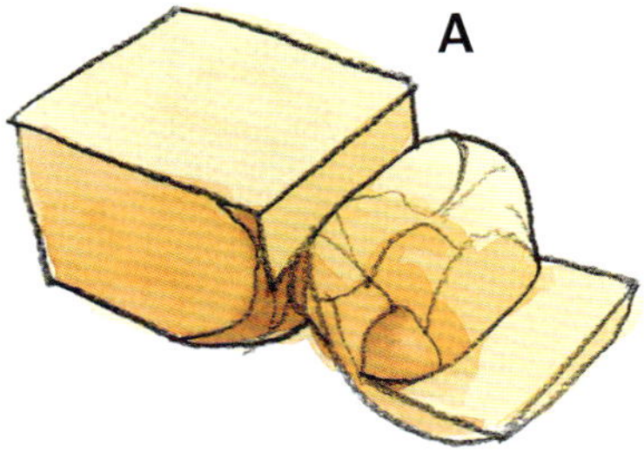

8

Unterm Kopf am Einschnitt A Span für Span wegschnitzen, bis eine deutliche Kerbe entsteht. Dann am Kopf die verbleibenden Kanten wegschnitzen, bis der Kopf abgerundet ist.

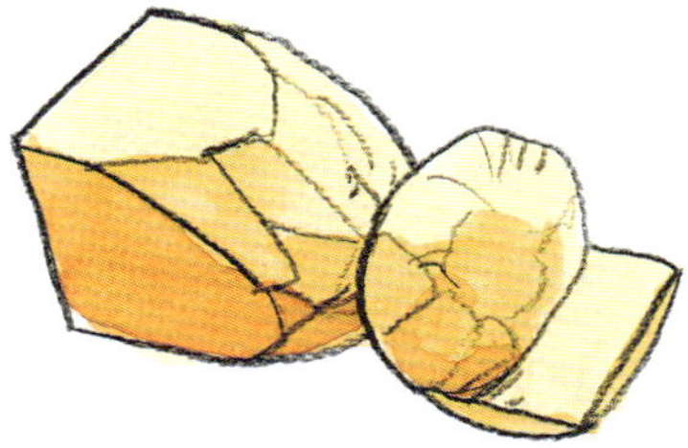

9

Von der Vorderseite Span für Span wegschnitzen, sodass auch am Bauch unter dem Kopf eine Schräge entsteht.

10

Am Bauch Span für Span wegschnitzen, sodass dieser flacher und gerader wird. Unten an der Vorderseite eine Stufe stehen lassen, das sind die Füße.

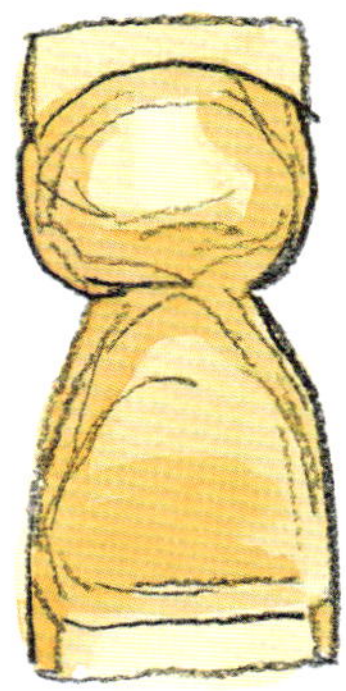

11

Rechts und links an den Seiten des Körpers zum Kopf hin Span für Span wegschnitzen, sodass eine Art Hals entsteht.

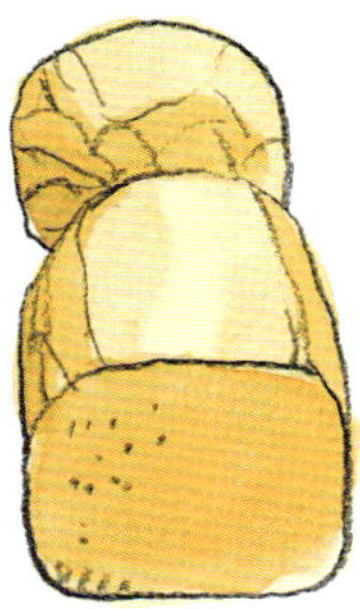

12

Die Kanten des Körpers etwas abrunden: Span für Span die Ecken wegschnitzen, bis es wie auf der Abbildung aussieht.

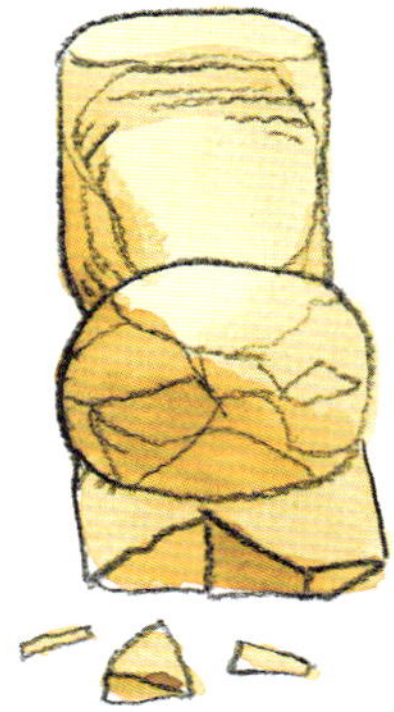

13

Als nächsten Schritt vorsichtig in die gerade Kante oberhalb des Kopfes eine dreieckige Kerbe hineinschnitzen. Das werden die Ohren.

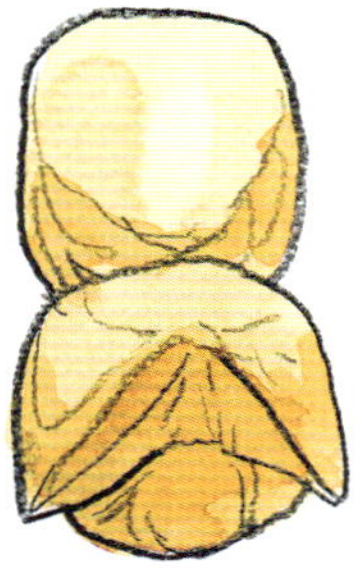

14

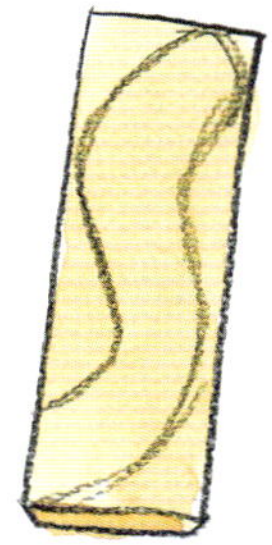

15

Die Rückseite der Ohren abrunden. Dazu vorsichtig dünne Späne von den hinteren seitlichen Kanten wegschnitzen.

Auf dem 9 x 3 x 3 cm großen Stück Balsaholz den Schwanz für die Katze nach der Vorlage von Seite 60 vorzeichnen.

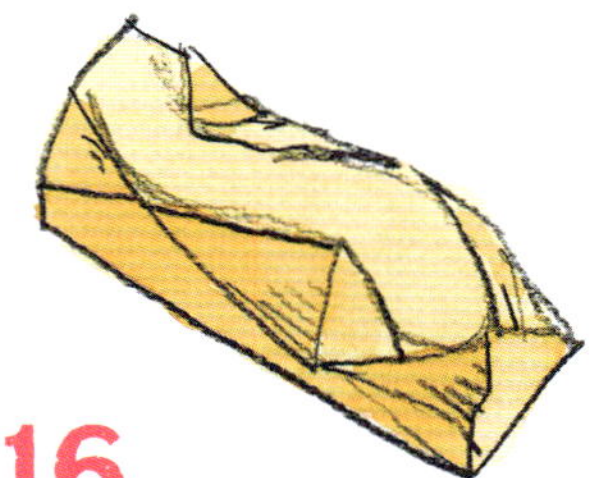

16

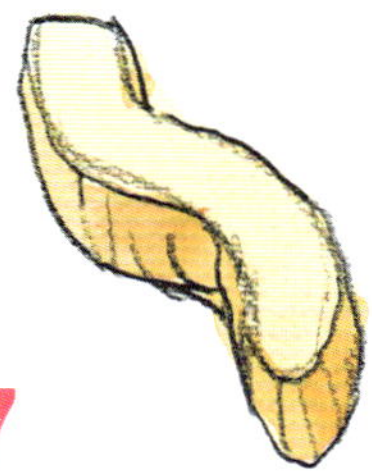

17

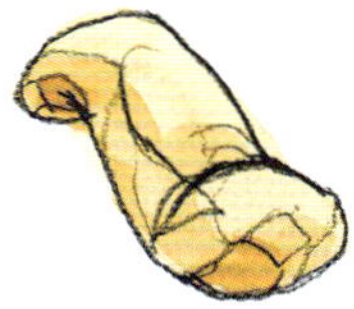

18

Die Form des Schwanzes herausarbeiten: Entlang der Vorzeichnung rechts und links Kerben wegschnitzen.

Die Kerben immer weiter vertiefen, bis die Form vollständig aus dem Holz herausgeschnitzt ist.

Den Schwanz abrunden: An den Längsseiten Span für Span von den Kanten wegschnitzen.

19

20

Die Teile der Katze mit Sandpapier sorgfältig glätten. Dabei bei den Spitzen der Ohren besonders vorsichtig sein.

Den Schwanz mit zwei halben Zahnstochern am Rücken festkleben. Anschließend bemalen und zum Schluss Augen und Nase hinzufügen.

FUCHS

DAS BRAUCHST DU:

1 Markiernadel, 2 Stecknadeln,
1 Zahnstocher

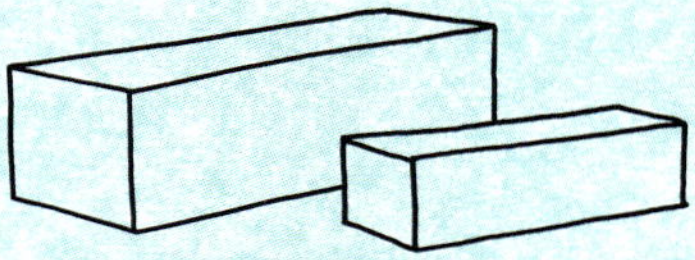

Balsaholz 12 x 5 × 5 cm,
Balsaholz 9 x 3 × 3 cm

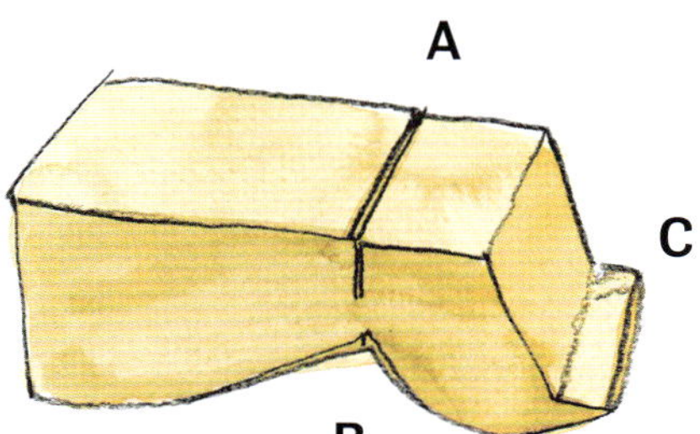

1

Zunächst abmessen, einsägen und den Rücken schnitzen wie bei der Katze: Schritt 1 bis 5 auf Seite 24 und 25. Dann an der Vorderseite des Kopfes zum Einschnitt C Span für Span schräg wegschnitzen.

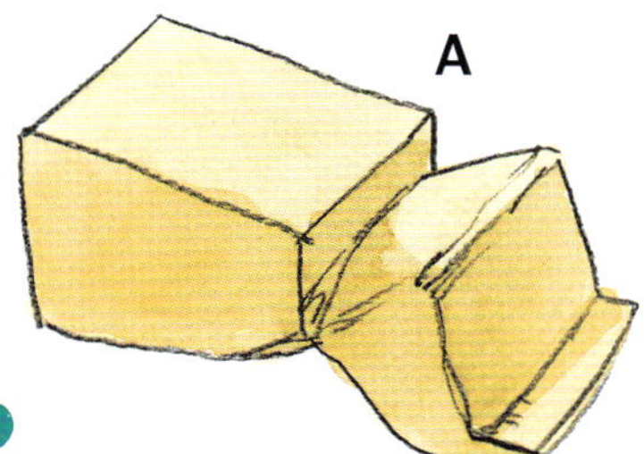

2

Unterhalb der Schräge zum Einschnitt A hin Span für Span wegschnitzen, bis eine deutliche Kerbe entsteht. Das ist später die Unterseite der Schnauze.

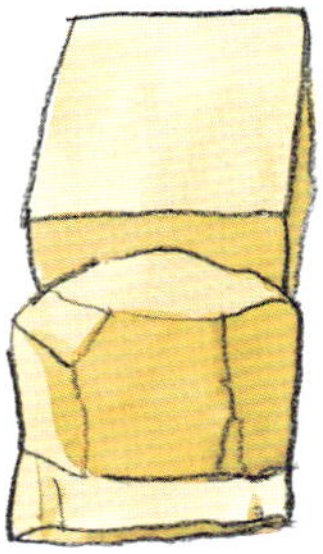

3

An der Oberseite der Schnauze seitlich ein paar Späne wegschnitzen.

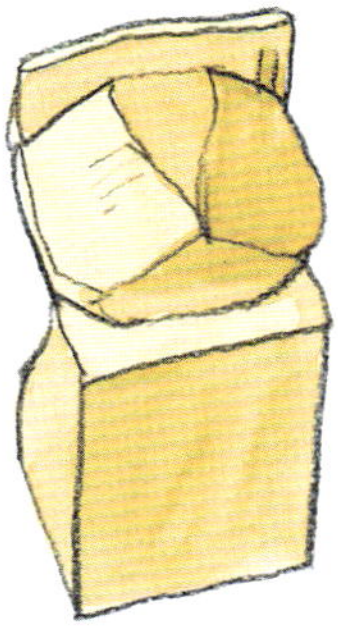

4

Weitere Späne so von der Schnauze wegschnitzen, bis eine spitze Nase wie auf der Abbildung entsteht.

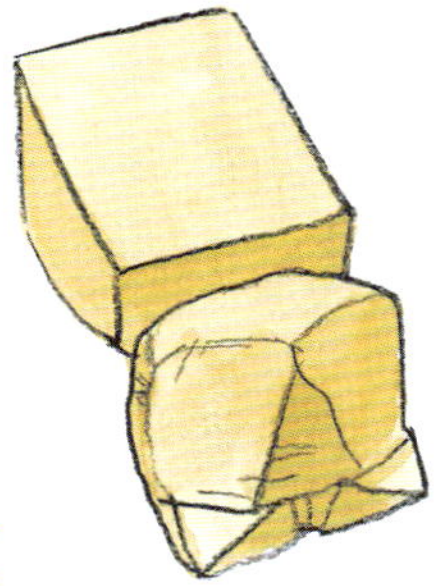

5

Die Ohren schnitzen: In die gerade Kante oberhalb des Kopfes eine breite Kerbe hineinschnitzen. Die Ohren auf der Rückseite abrunden.

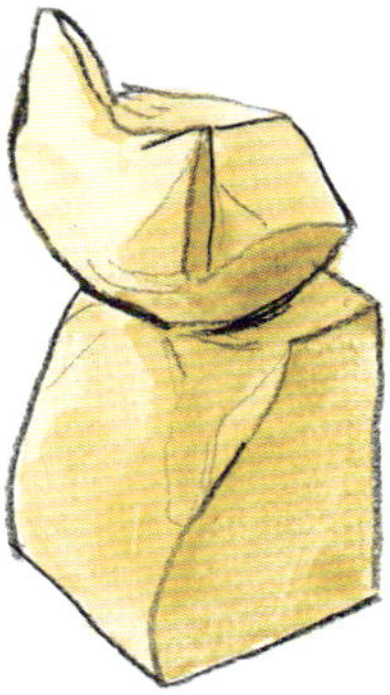

6

Den Körper wie bei der Katze fertigschnitzen (Schritt 9 bis 12 auf Seite 26): An der Vorderseite unter dem Kopf eine Schräge schnitzen. Dann den Bauch flacher schnitzen. Für die Füße eine Stufe stehen lassen. An den Seiten einen Hals schnitzen, dann die Kanten des Körpers abrunden.

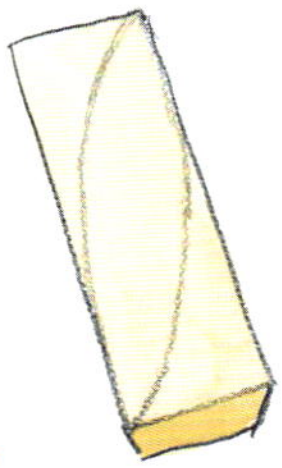

7

Für den Schwanz die Vorlage von Seite 60 auf das 9 x 3 x 3 cm große Holzstück übertragen.

8

Die Form aus dem Holz herausschnitzen (Schritt 16 und 17 auf Seite 27).

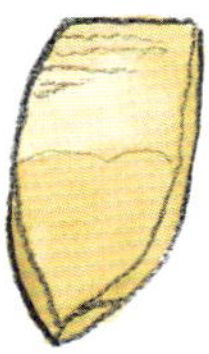

9

Den Schwanz an einem Ende spitz zurechtschnitzen.

10

Den Schwanz abrunden: An den Längsseiten Span für Span von den Kanten wegschnitzen.

11

Die Teile mit Sandpapier glätten. Den Schwanz mit zwei halben Zahnstochern am Rücken festkleben. Bemalen und Augen und Nase hinzufügen.

KROKODIL

DAS BRAUCHST DU:

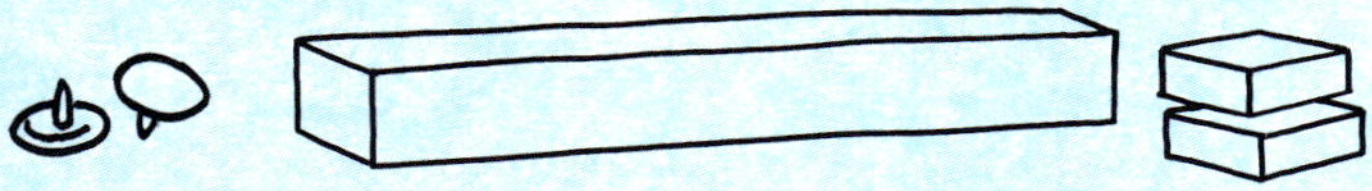

2 Heftzwecken   Balsaholz 21 x 3 x 3 cm, 2 kl. Stücke 3 x 3 × 1,5 cm

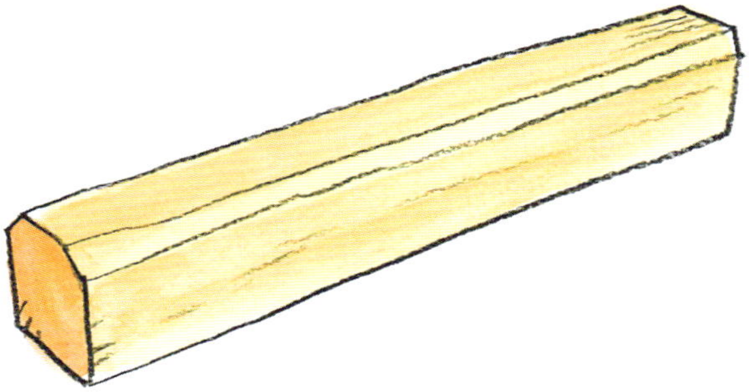

1

Vorsichtig an den zwei oberen Kanten des Holzklotzes wenige Späne wegschnitzen, bis die Kanten etwas abgeschrägt sind.

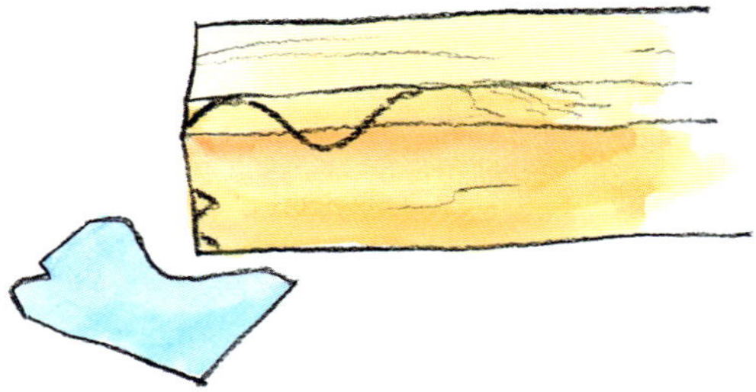

2

Die Vorlage für den Kopf von Seite 61 auf eine der Seiten übertragen.

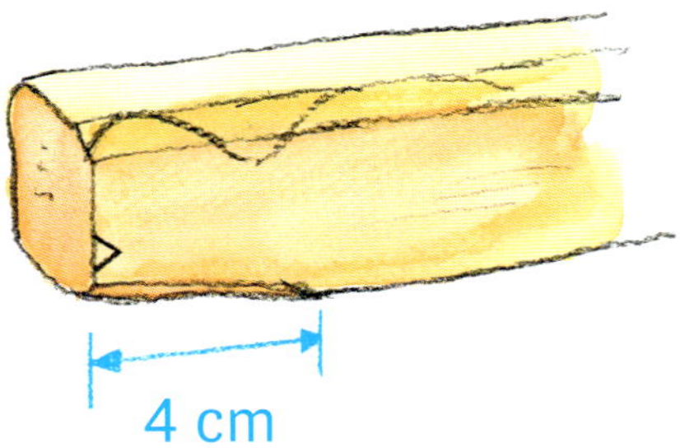

3

Unterhalb des Kopfes eine etwa 4 cm lange Schräge schnitzen. Dadurch liegt die Schnauze später nicht auf dem Boden auf.

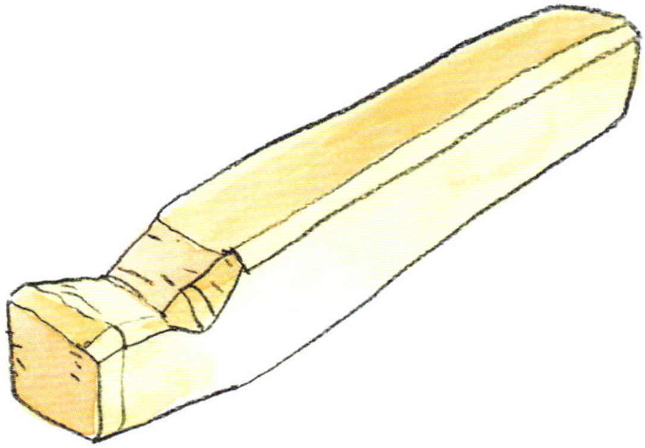

4

Entlang der Vorzeichnung Span für Span wegschnitzen, bis die Kontur des Kopfes herausgearbeitet ist. Dann die Seiten des Kopfes wie in Schritt 1 abschrägen.

5 Das hintere Ende des Krokodils anspitzen: Ringsum vorsichtig Span für Span wegschnitzen, bis eine Spitze entstanden ist. Das wird der etwa 3 bis 4 cm lange Schwanz.

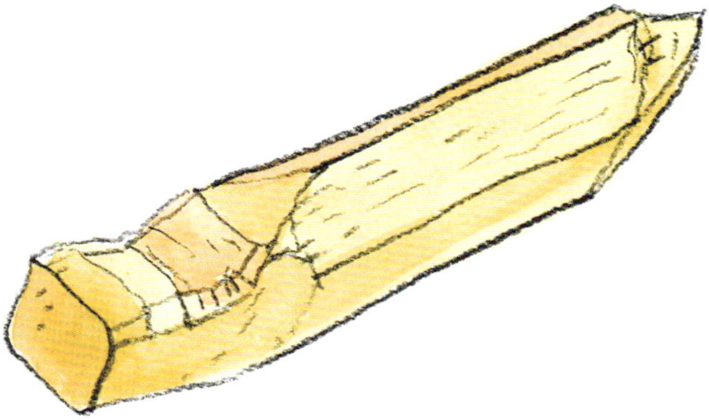

6 Den gezackten Rücken vorbereiten: Von den oberen seitlichen Kanten Span um Span so wegschnitzen, dass zur Mitte hin ein spitzer Grat entsteht. Das sorgt dafür, dass die Zacken später eine dreieckige Form haben.

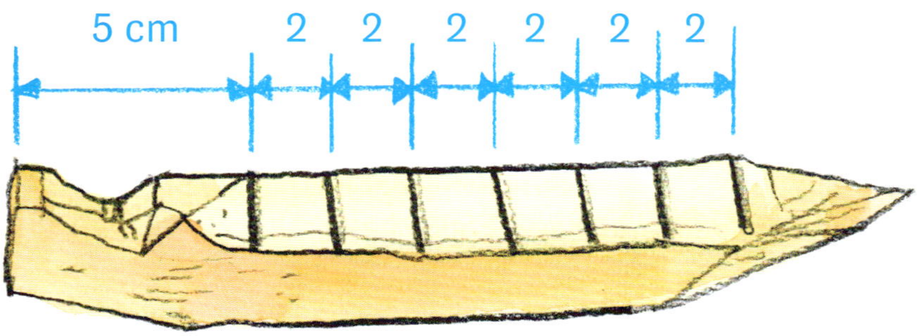

7 Die Einschnitte für die Zacken wie auf der Abbildung anzeichnen. Dann die sieben Einschnitte im Abstand von je 2 cm vorsichtig einsägen.

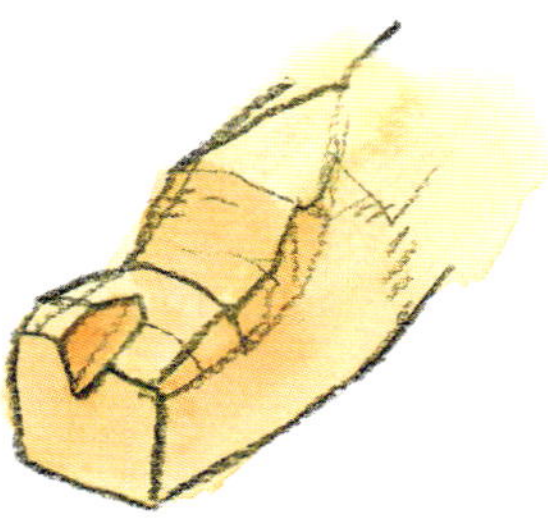

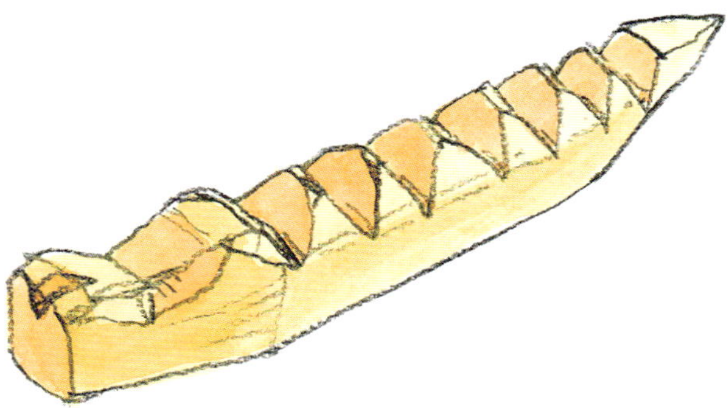

8

Vorne an der Schnauze eine kleine Kerbe einschnitzen.

9

Die gezackten Rücken schnitzen: An den gesägten Einschnitten Späne wegschnitzen, bis V-förmige Kerben entstanden sind.

10 Vorne an der Schnauze eine kleine Kerbe in der Größe der Vorzeichnung wegschnitzen. Mit einem Embossingstift oder einer Häkelnadel auf beiden Seiten des Kopfes eine Linie für das Maul eindrücken.

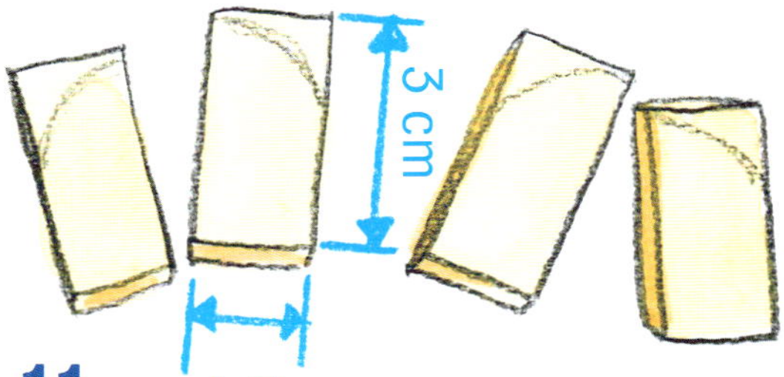

11

Die beiden kleinen Balsaholzstücke in der Mitte durchsägen. So entstehen vier Stücke von je 3 x 1,5 x 1,5 cm. Rundungen wie auf der Abbildung anzeichnen: zweimal links oben, zweimal rechts oben.

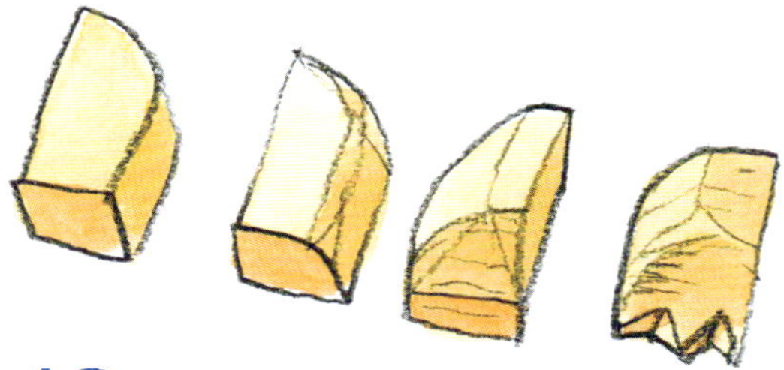

12

Die Ecken entlang der Vorzeichnung wegschnitzen. Dann die oberen Kanten abrunden. Zum geraden Ende hin abschrägen. Am geraden Ende dann zwei Kerben einschnitzen.

13 Den Körper und die Beine des Krokodils mit Sandpapier glätten. Dann die Beine mit Holzleim an den Körper kleben. Wenn der Leim ausgehärtet ist, das Krokodil bemalen und die Heftzwecken als Augen in den Kopf stecken.

HASE

DAS BRAUCHST DU:

2 Stecknadeln, 1 Markiernadel

Balsaholz 9 x 3 x 3 cm

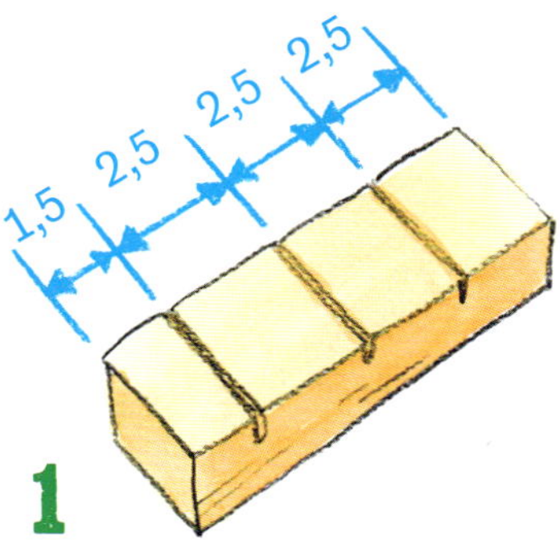

1

Zuerst die Maße wie auf der Abbildung anzeichnen. Dort drei Einschnitte etwa 5 mm tief einsägen.

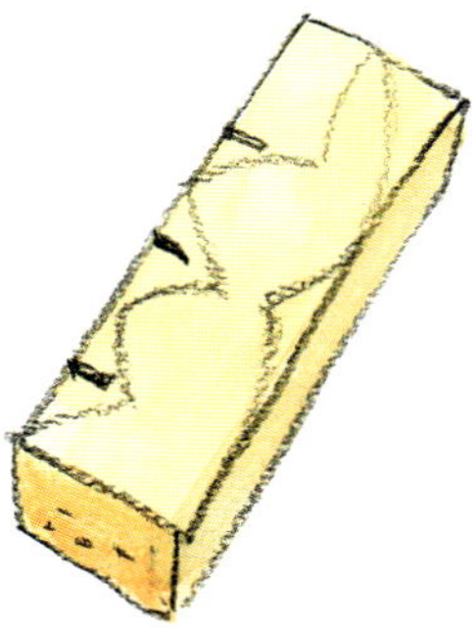

2

Den Holzklotz auf die Seite legen, sodass die Einschnitte links liegen. Die Vorlage von Seite 61 übertragen.

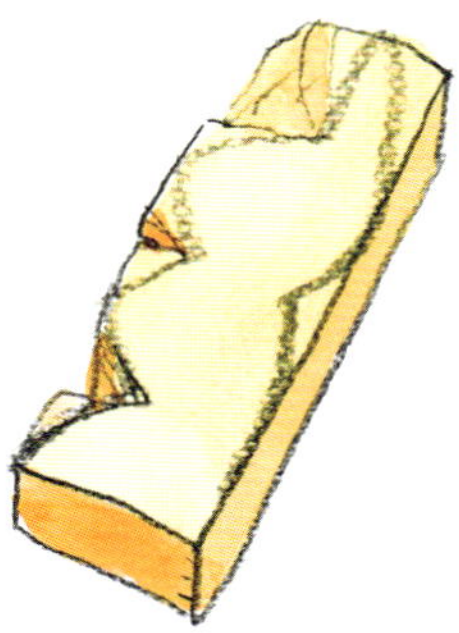

3

Die Form freischnitzen: Zuerst an den Einschnitten entlang der Vorzeichnung Kerben schnitzen.

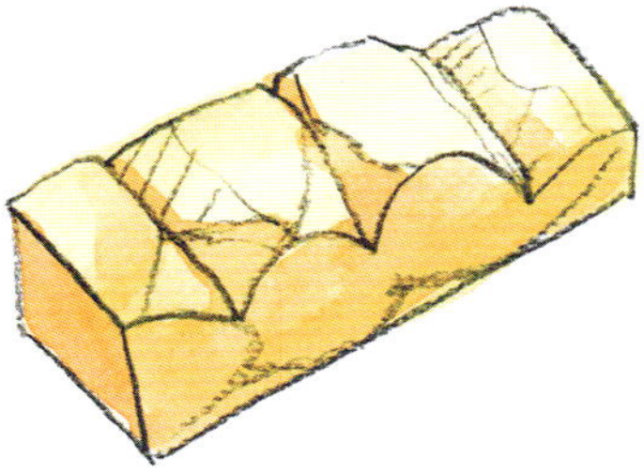

4

Die Kerben über die Breite der Vorderseite des Hasen weiterschnitzen, bis dort die ganze Form der Vorzeichnung freigeschnitzt ist.

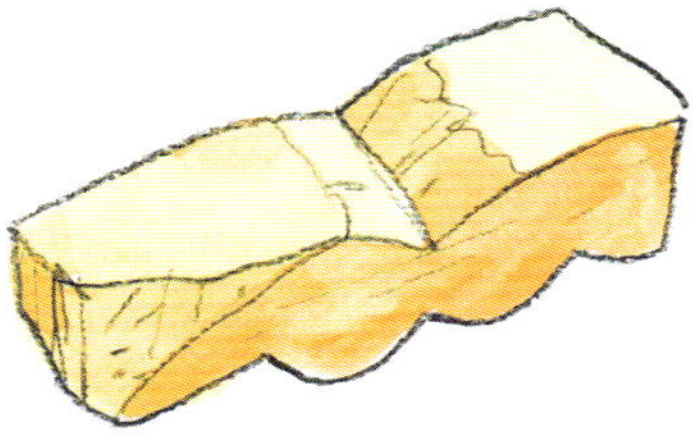

5

Die Form des Hasen auch am Rücken freischnitzen. Dazu mit zwei Kerben entlang der Vorzeichnung beginnen und weitere Späne wegschnitzen.

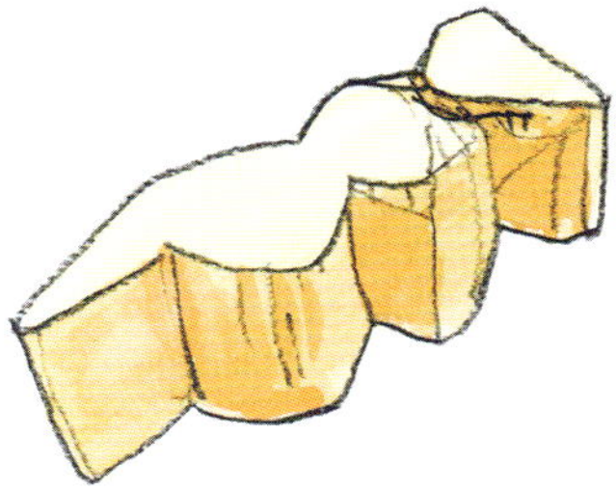

6

An den Seiten die Rundungen für die Beine schnitzen: Erst eine Linie ins Holz ritzen, dann oberhalb dieser Linie dünne Späne von den Seiten wegschnitzen.

7

Die Seitenteile der Körperform anpassen: Vorsichtig Span für Span Kerben schnitzen. Unten an den Ohren besonders schräg einschnitzen.

8

Die Kanten an Kopf und Bauch abrunden: Vorsichtig Span für Span an den Kanten wegschnitzen.

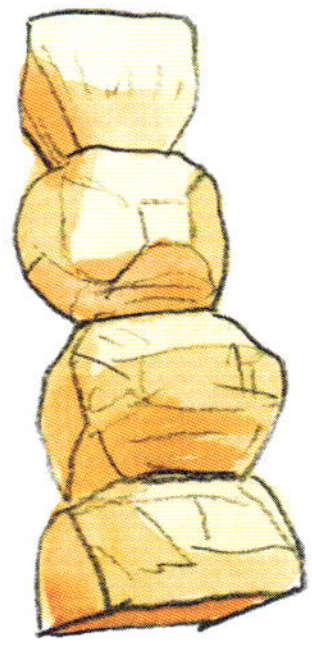

9

Vorsichtig weitere Späne wegschnitzen, bis der Bauch schön rund ist. Auch die Schnauze spitzer schnitzen.

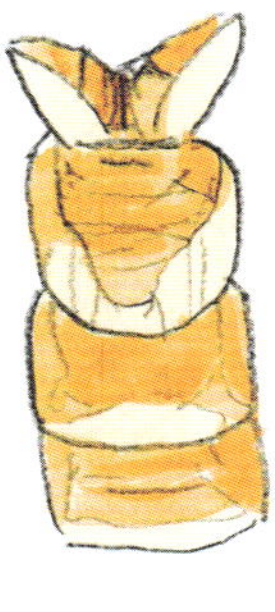

10

Die Ohren fertigschnitzen: Oben in der Mitte einen V-förmigen Spalt schnitzen.

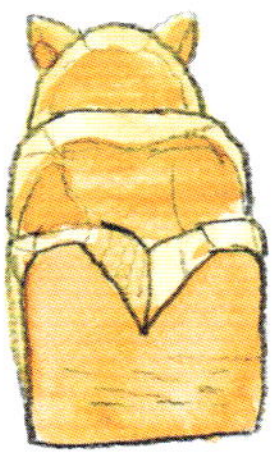

11

Die Füße fertigschnitzen: An der Vorderseite eine kleine V-förmige Kerbe schnitzen.

12

Zum Schluss mit Sandpapier glätten. Nase und Augen mit Nadeln hinzufügen.

TOTEMPFAHL

DAS BRAUCHST DU:

2 Stecknadeln, 4 Heftzwecken, Zahnstocher

Balsaholz 15 x 3 x 3 cm,
2 kl. Stücke 3 x 3 x 1 cm

1

Die Vorlage von Seite 61 auf den Holzklotz übertragen.

2

Die Form entlang der Vorzeichnung freischnitzen: Dazu wie auf Seite 10 beschrieben erst kleine Einschnitte auf der Vorder-und Rückseite machen. Dann an den Einschnitten kleine Kerben schnitzen und diese dann zu Vertiefungen erweitern. Auf der Abbildung liegt die Vorderseite des Totempfahls oben.

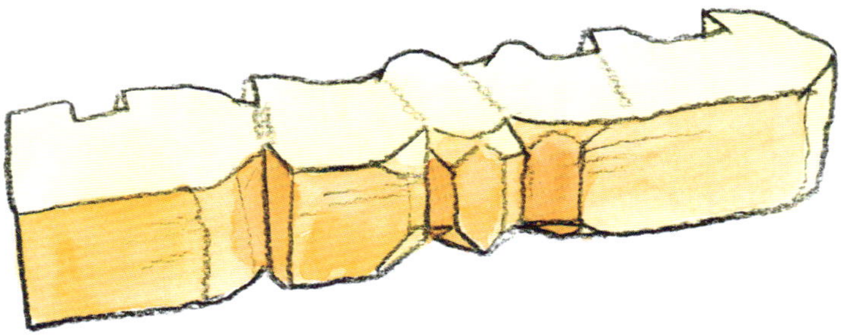

3

Zunächst auf der Rückseite die Kanten in der Mitte abrunden. Dazu vorsichtig einige wenige Späne wegschnitzen. Das ist später die Rückseite des Bären.

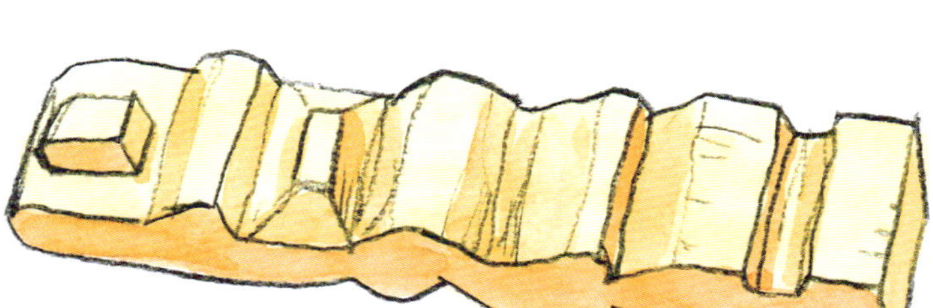

4

Den Adlerschnabel vorbereiten: Auf der Vorderseite am Kopf von den Seiten her ganz vorsichtig Span für Span den oberen Vorsprung wegschnitzen, bis nur noch die Mitte stehenbleibt. Dann vorsichtig die seitlichen Kanten der Bärenschnauze schräg wegschnitzen.

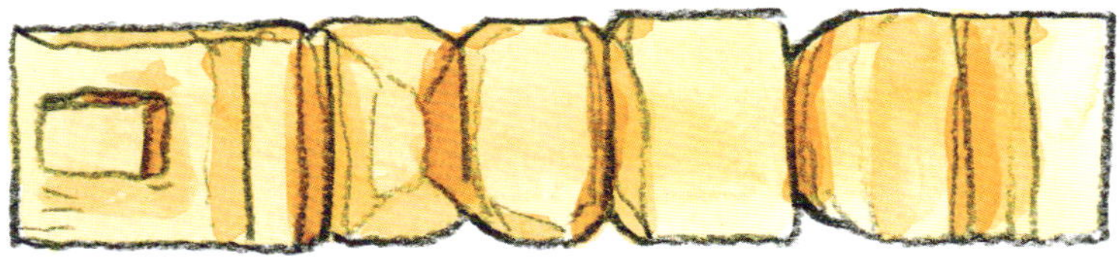

5

Die beiden Seiten des Totempfahls einkerben, sodass Adler, Bärenkopf und -körper sowie der Frosch besser voneinander getrennt werden. Dazu an beiden Seiten zunächst entsprechende Einschnitte machen und dann zum Einschnitt hin dünne Späne wegschnitzen.

6

Die Arme und Beine des Bären schnitzen: Auf der Vorderseite jeweils mittig an die entsprechenden Stellen zwei kurze Einschnitte machen. Anschließend vom Einschnitt ausgehend jeweils eine kleine V-förmige Kerbe einschnitzen.

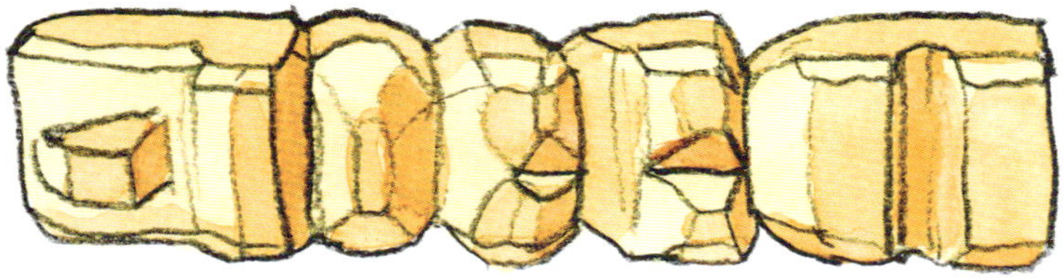

7

Die seitlichen Kanten des Totempfahls abrunden. Dazu Span für Span die Ecken an den Figuren wegschnitzen. Auch die Arme und Beine des Bären müssen abgerundet werden.

8

Den Adlerschnabel fertigschnitzen: Sehr vorsichtig sehr dünne Späne von den Seiten des Schnabels schräg wegschnitzen, bis unten eine Spitze entstanden ist und der Schnabel eine dreieckige Form hat.

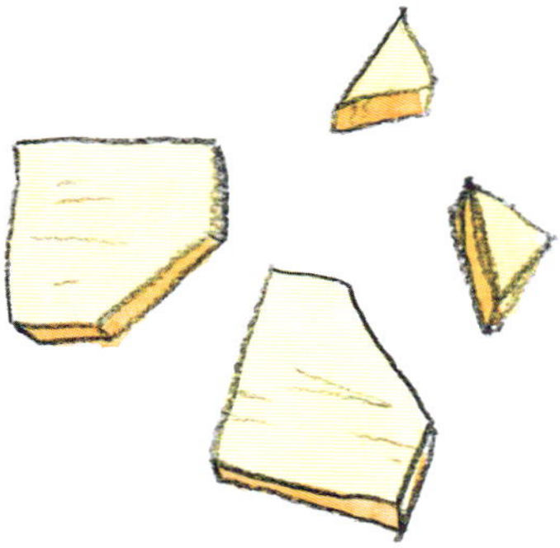

9

Für die Adlerflügel bei beiden 3 x 3 cm großen Stücken jeweils eine Ecke absägen oder wegschnitzen.

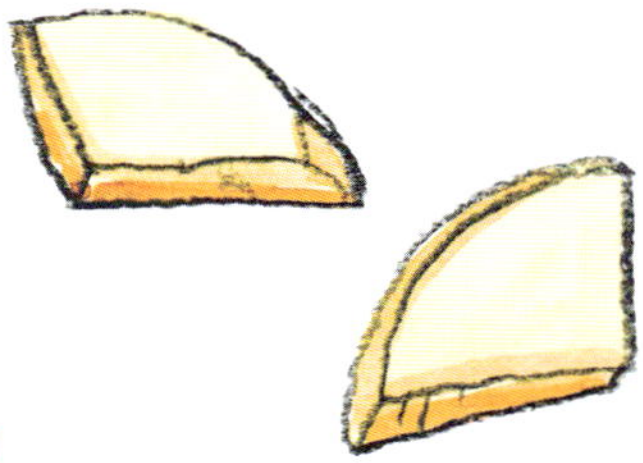

10

Die Flügel abrunden: Dazu Span für Span an den Ecken wegschnitzen.

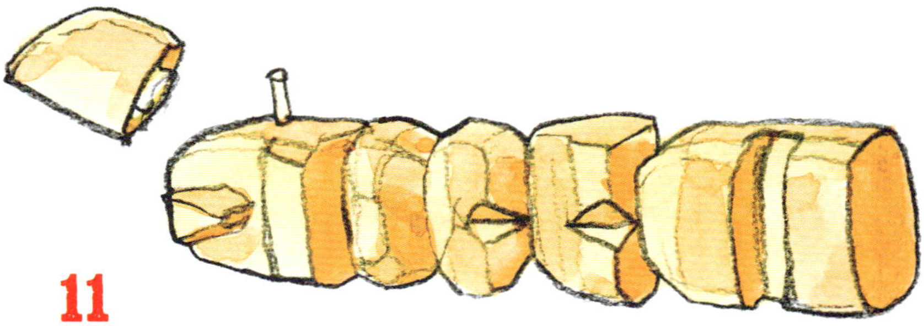

11

Anschließend die Flügel und den Totempfahl mit Sandpapier glätten. Die Flügel seitlich vom Adlerkopf mit Holzleim ankleben. Für mehr Stabilität Stücke vom Zahnstocher als Dübel verwenden. Den Totempfahl bemalen und die Heftzwecken für die Augen hinzufügen.

BIGFOOT

DAS BRAUCHST DU:

3 Stecknadeln, 2 Wackelaugen, 1 Zahnstocher

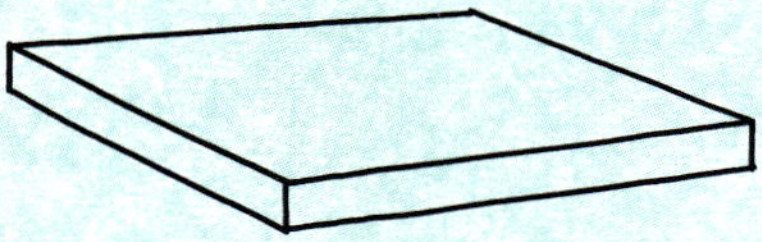

Balsaholzbrett 14 x 10 x 1,5 cm

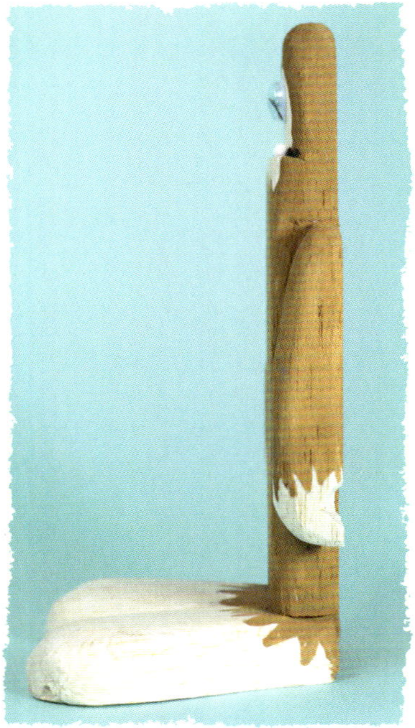

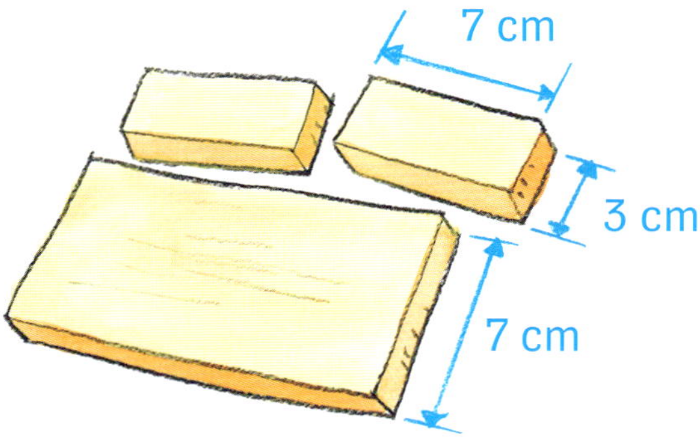

1

An der Längsseite des Bretts einen 3 cm dicken Streifen anzeichnen und absägen. Den Streifen in der Mitte durchsägen, sodass zwei 7 cm lange Stücke entstehen.

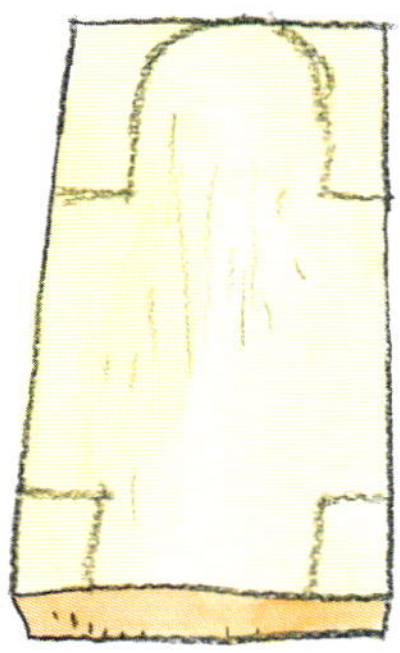

2

Auf das verbliebene 7 x 14 cm große Brett die Vorlage von Seite 61 übertragen.

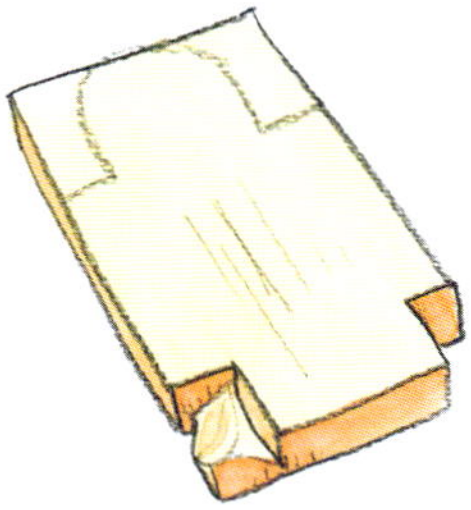

3

Zuerst die Vierecke unten an der Figur Span für Span entlang der Vorzeichnung wegschnitzen.

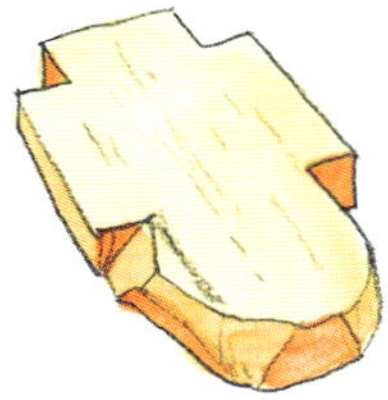

4

Den Kopf auf die gleiche Art schnitzen: Zuerst die Kanten entlang der Vorzeichnung wegschnitzen, dann die Rundung sauber fertigschnitzen.

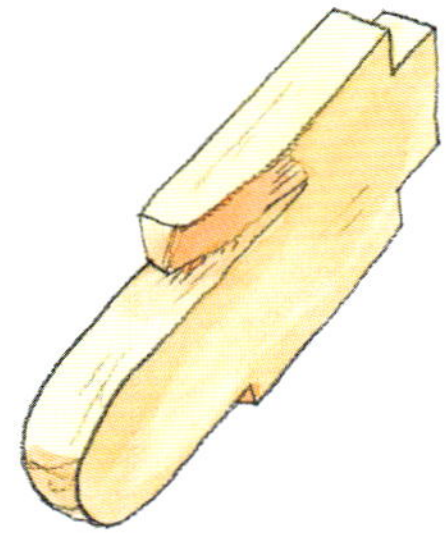

5

Für die Arme auf der Vorderseite eine senkrechte Linie von der Schulter bis etwa zur Mitte schneiden. Zur Schulter hin eine Schräge schnitzen.

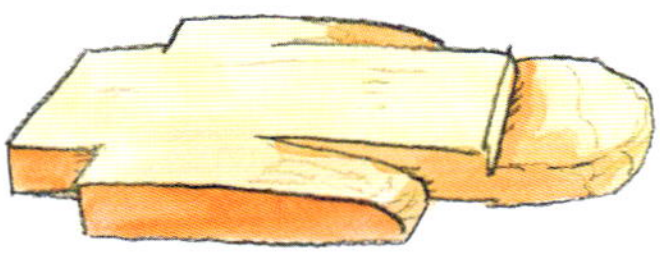

6

Für den Mund quer über den Kopf eine Linie einschneiden. Dann vom Kopfende zur Linie vorsichtig dünne Späne einen nach dem anderen wegschnitzen, bis eine kleine Stufe sichtbar wird.

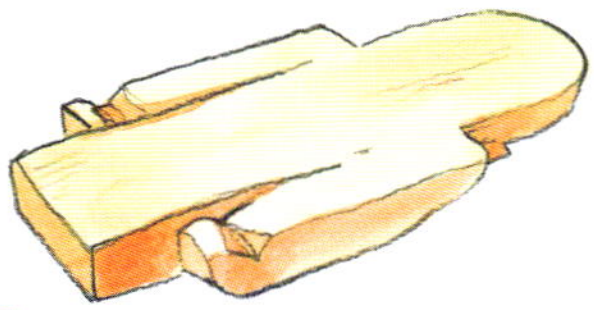

7

Für die Hände auf der Rückseite eine kurze senkrechte Linie unten an den Armen schneiden. Dort eine kleine Schräge schnitzen. Zum Schluss je eine kleine Kerbe für die Finger schnitzen.

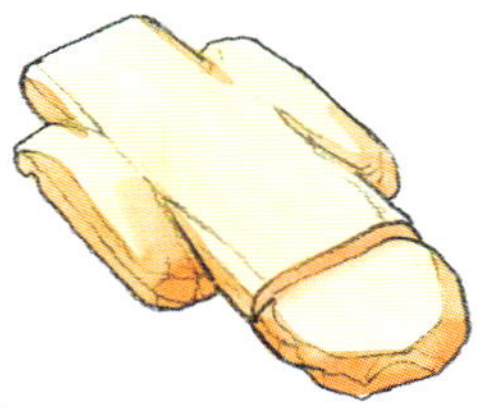

8

Den Körper mit Sandpapier sorgfältig glätten. Dabei darauf achten, dass der Mund scharfkantig bleibt.

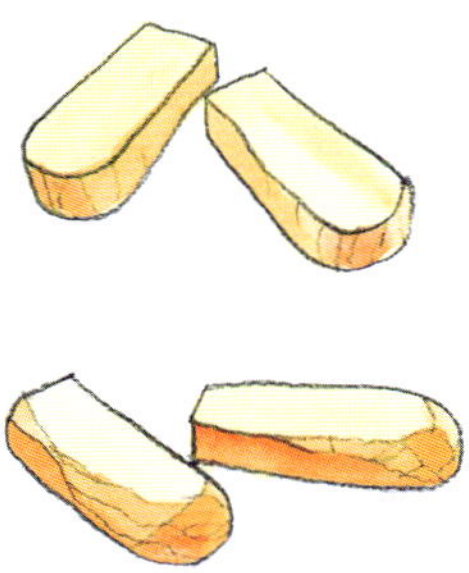

9

Für die Füße die zwei 7 cm langen Stücke an je einem Ende rund schnitzen. Dann die oberen Kanten vorn und an den Seiten abrunden.

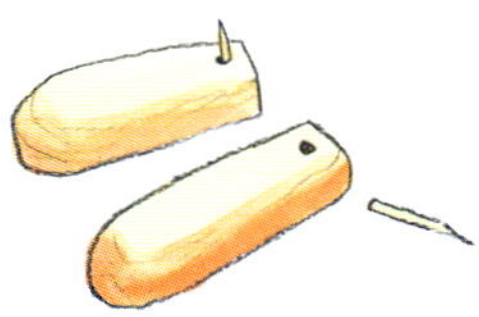

10

Die Füße mit Sandpapier glätten. Um die Füße mit dem Körper zu verbinden, zwei halbe Zahnstocher hinten in die Füße stecken.

11

Den Körper auf die Füße kleben. Wenn der Leim getrocknet ist, Bigfoot anmalen. Wackelaugen sowie Stecknadeln als Zähne anbringen.

ROTKEHLCHEN

DAS BRAUCHST DU:

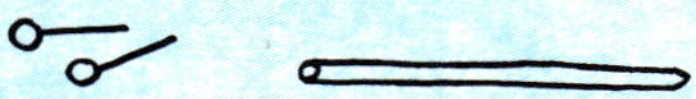

2 Stecknadeln,
5 cm langes Stück Schaschlikspieß

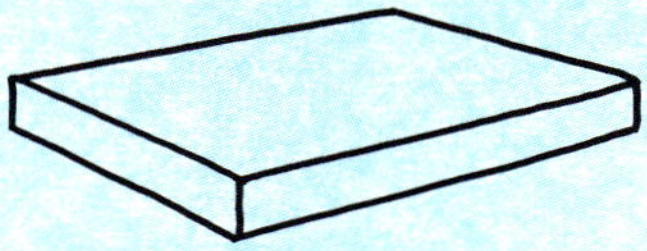

Balsaholzbrett 10 x 7 x 1,5 cm

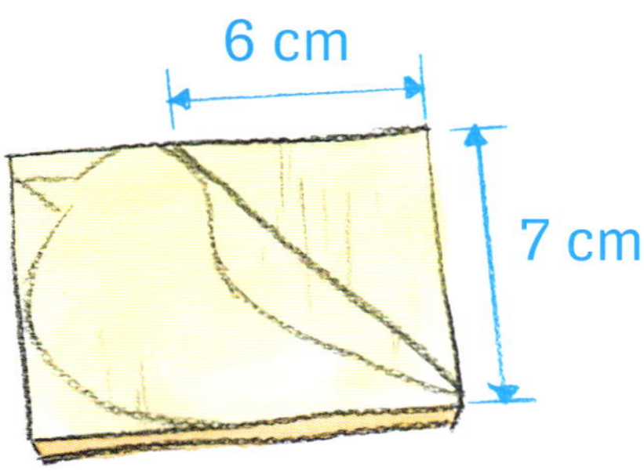

1

Die Vorlage von Seite 60 auf das Brettchen übertragen. Außerhalb der Vorzeichnung ein Dreieck wie auf der Abbildung einzeichnen.

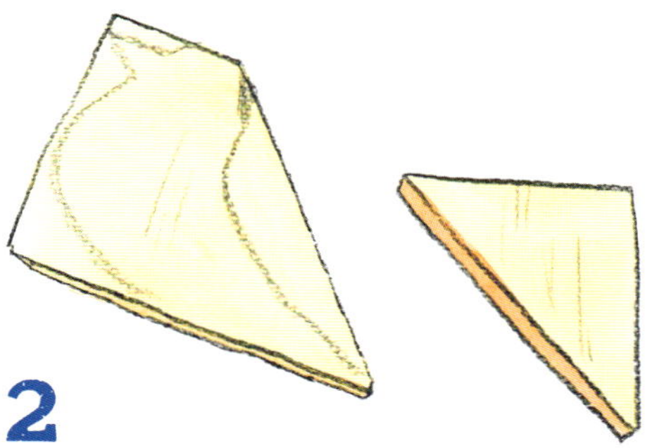

2

Das Dreieck absägen. Das wird später der Standfuß für die Figur.

3

Die Kanten des Dreiecks sorgfältig mit Sandpapier glätten. Das Dreieck erst einmal zur Seite legen.

4

Den Bogen über dem Rücken des Vogels entlang der Vorzeichnung wegschnitzen. Dazu mit einer Kerbe vom Rand her beginnen.

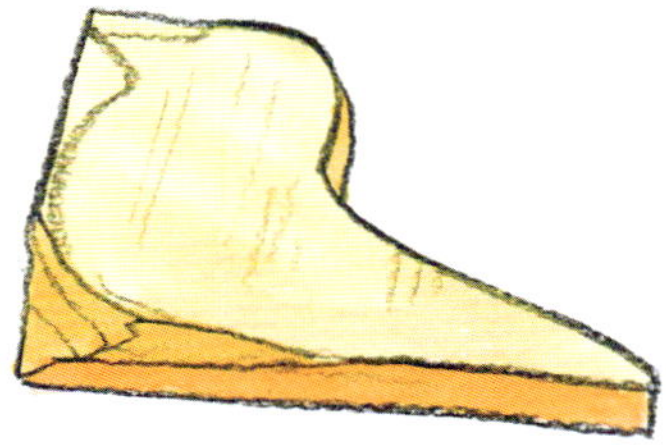

5

Auf die gleiche Art die Rundung am Bauch des Vogels wegschnitzen.

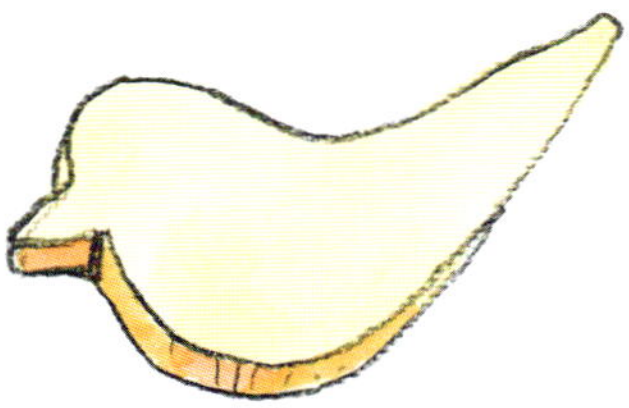

6

Vorsichtig weiterschnitzen, bis der ganze Vogelkörper entlang der Vorzeichnung ausgeschnitten ist.

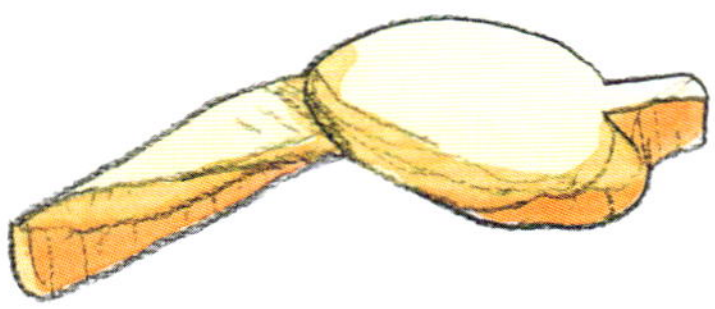

7

Die Kanten des Körpers – außer an Schnabel und Schwanz – abrunden. Am Übergang vom Schwanz zum Körper den Schwanz dünner schnitzen.

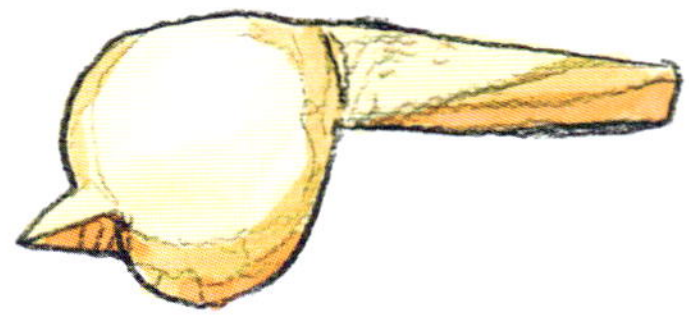

8

Den Schnabel spitz zuschnitzen: Sehr vorsichtig kleine Späne vom Kopf zur Schnabelspitze wegschnitzen.

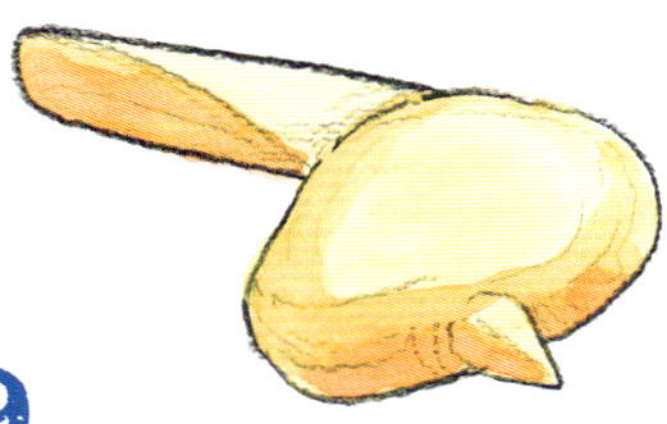

9

Den Vogelkörper mit Sandpapier glätten. Den Kopf besonders vorsichtig behandeln, damit die Schnabelspitze nicht abbricht.

10

In den Vogel und das Dreieck ein Loch bohren. Die Teile mit Holzleim und dem Schaschlikspieß als Bein verbinden. Zum Schluss die Teile anmalen und die Augen mit den Nadeln hinzufügen.

HUND

DAS BRAUCHST DU:

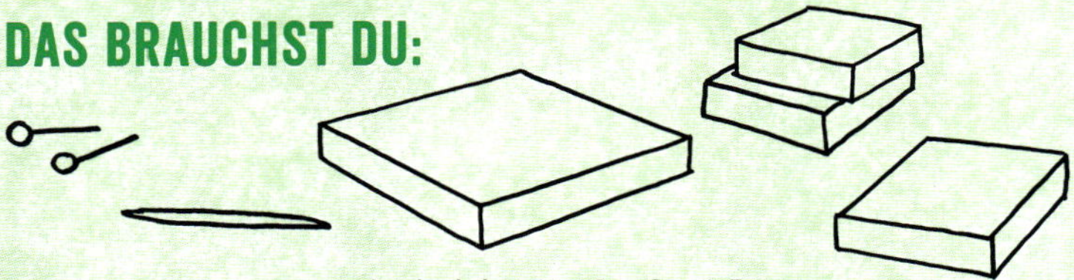

2 Stecknadeln, Zahnstocher

Balsaholzbrett 10 x 8 x 1,5 cm,
2 kl. Bretter 5 x 5 x 1,5 cm,
1 kl. Brett (Rest) ca. 6 x 6 x 1,5 cm

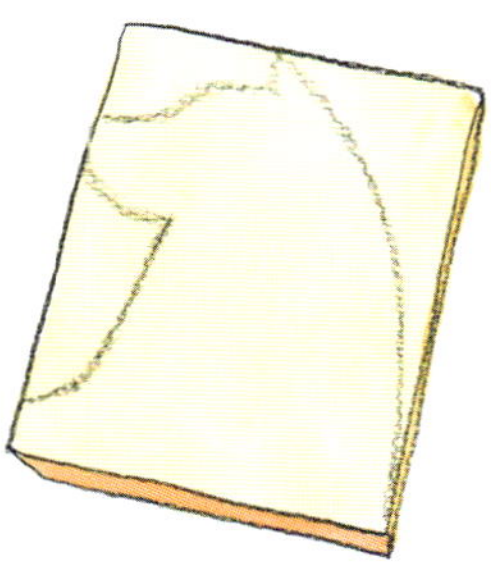

1

Die Vorlage von Seite 62 auf das große Brett übertragen.

2

Die obere rechte Ecke absägen, um das Schnitzen einfacher zu machen.

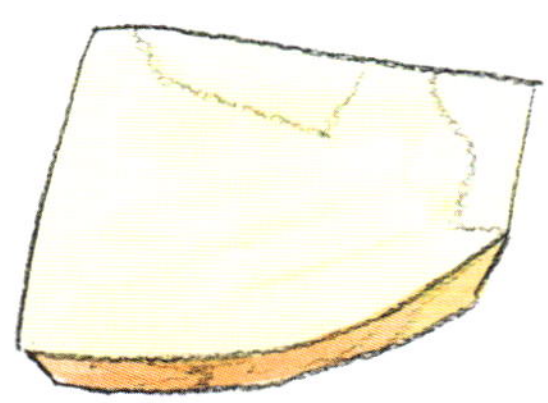

3

Entlang der Vorzeichnung den runden Rücken des Hundes Span für Span freischnitzen.

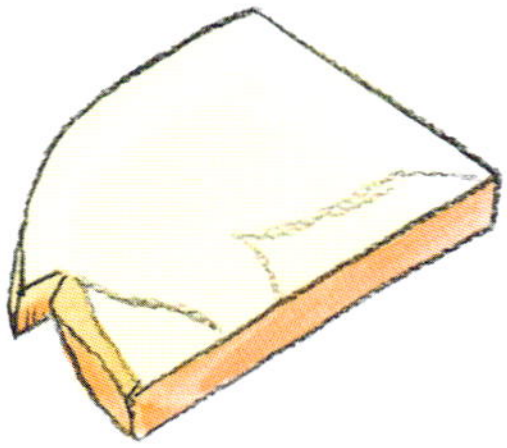

4

An den Ohren einen Einschnitt machen und von der Vorderseite her vorsichtig Span für Span zum Einschnitt hin wegschnitzen.

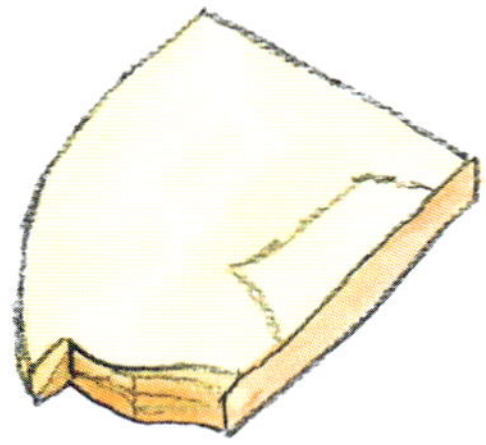

5

Die Späne weiter vorsichtig entlang der Vorzeichnung von den Ohren zur Vorderseite hin wegschnitzen.

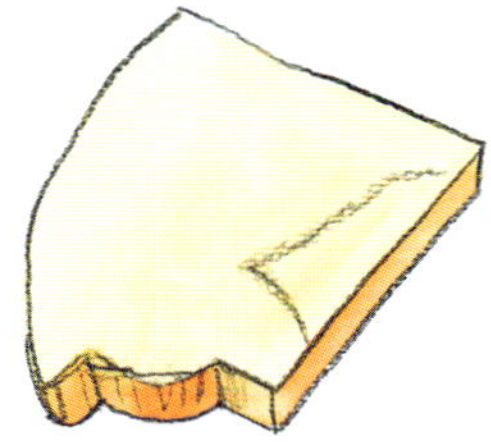

6

Die Oberseite der Schnauze begradigen. Dazu die letzten Späne vorsichtig und besonders dünn wegschnitzen.

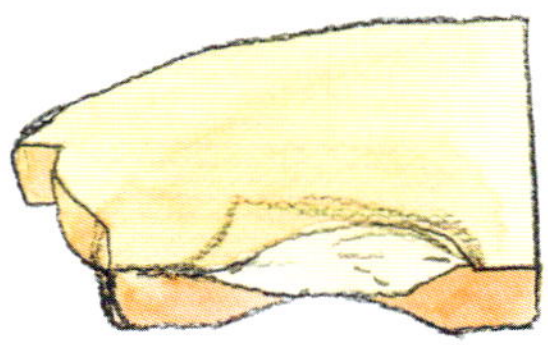

7

Zunächst die Einbuchtung am Bauch schnitzen: Entlang der Vorzeichnung rechts und links Kerben wegschnitzen.

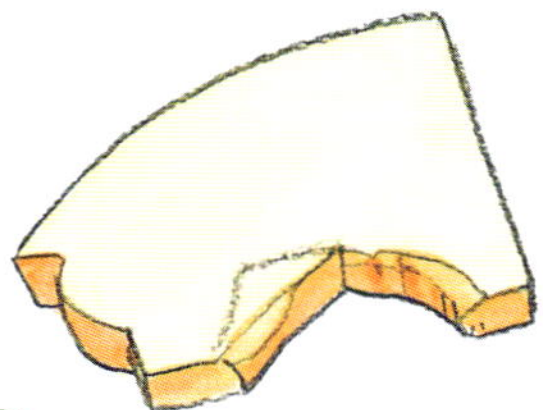

8

Die Einbuchtung fertigschnitzen. Dazu den Grat zwischen den Kerben wegschnitzen.

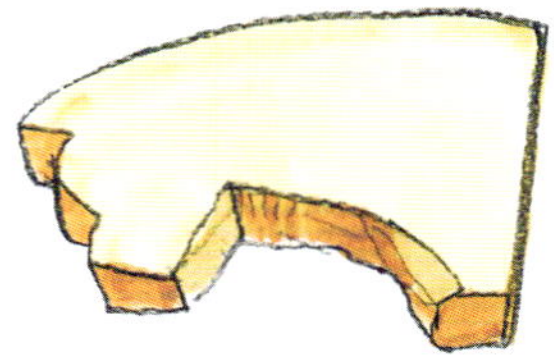

9

Abwechselnd kurze Späne von der Vorderseite und von der Einbuchtung her wegschnitzen, bis die Schnauze entlang der Vorzeichnung freigeschnitzt ist.

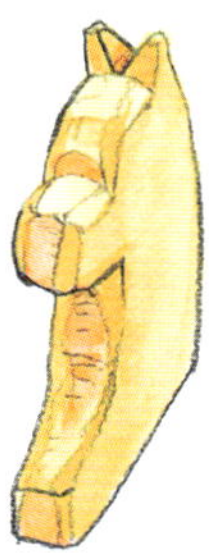

10

Außer an der Unterseite alle Kanten des Körpers abrunden: An den Ecken ringsum vorsichtig dünne Späne wegschnitzen. Für die Ohren eine V-förmige Kerbe schnitzen.

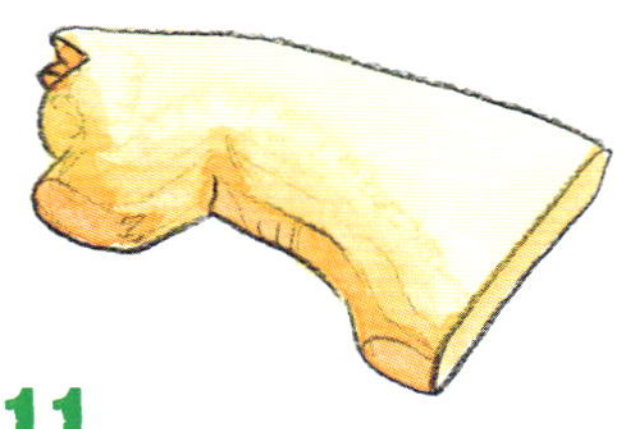

11

Den Körper mit Sandpapier glätten. Die Ohren besonders vorsichtig behandeln, damit sie nicht abbrechen.

12

Mit den Stecknadeln die Augen hinzufügen und mit einem schwarzen Fineliner die Nase vorne auf die Schnauze malen.

13

Auf den beiden 5 x 5 cm großen Brettchen an der Oberkante Halbkreise anzeichnen.

14

Die oberen Ecken absägen, um das Schnitzen einfacher zu machen.

15

Die Halbkreise entlang der Vorzeichnung freischnitzen. Außer an der Unterseite die Kanten abrunden.

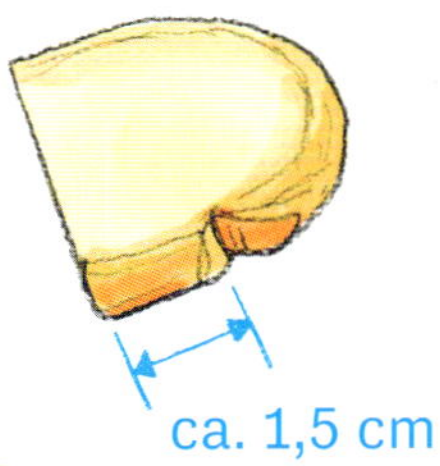

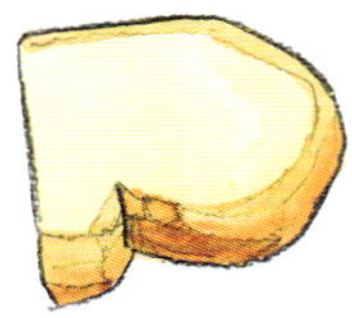

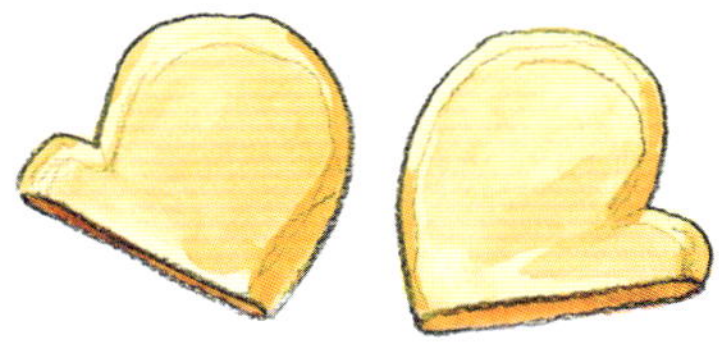

16

Etwa 1,5 bis 2 cm von der Unterseite entfernt seitlich eine Kerbe schnitzen.

17

Die Kerbe wie auf der Abbildung weiterschnitzen, sodass die Füße deutlich zu erkennen sind.

18

Die Beine sorgfältig mit Sandpapier glätten.

19

Die Beine mit Holzleim an den Körper kleben. Solange der Leim nicht getrocknet ist, lässt sich die Position der Beine korrigieren, damit die Unterseite des Hundes möglichst eben ist.

20

Den Hund auf das verbliebene Brettchen setzen und den Umriss der Rückseite nachzeichnen. Um den Umriss herum einen Schwanz auf das Brettchen zeichnen.

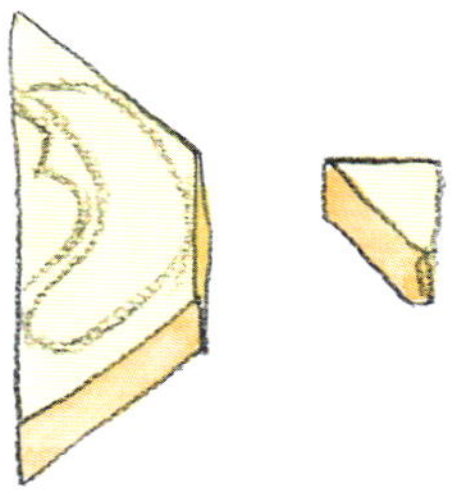

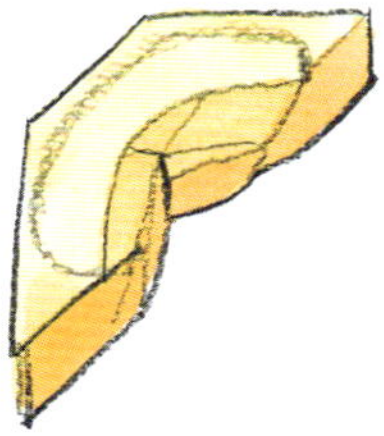

21

Das Stück mit der Vorzeichnung vom Brett absägen. Falls nötig, weitere Teile absägen, um das Schnitzen einfacher zu machen.

22

Zunächst die Einbuchtung schnitzen: Entlang der Vorzeichnung rechts und links Kerben wegschnitzen.

23

Während des Schnitzens die Einbuchtung mit der Form des Körpers abgleichen und den Grat zwischen den Kerben wegschnitzen.

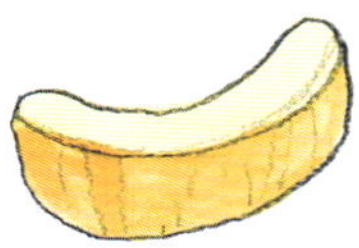

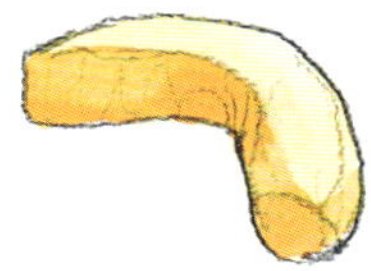

24

Ist die Ausbuchtung fertiggeschnitzt, die restliche Form des Schwanzes entlang der Vorzeichnung freischnitzen.

25

Die Oberkanten des Schwanzes ringsum abrunden.

26

Den Schwanz sorgfältig mit Sandpapier glätten.

27

Den Schwanz mit Holzleim außen an ein Bein und an die Rückseite des Körpers kleben. Mit Zahnstocher-Stückchen fixieren, wenn nötig.

28

Solange der Leim noch nicht getrocknet ist, lässt sich die Position des Schwanzes noch korrigieren, damit die Unterseite des Hundes möglichst eben ist.

FROSCH

DAS BRAUCHST DU:

2 Heftzwecken

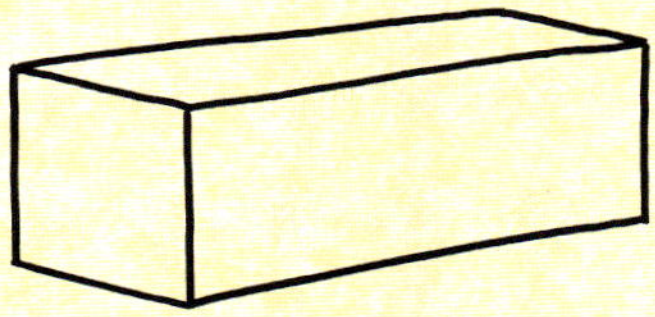

Balsaholz 10 x 5 x 5 cm

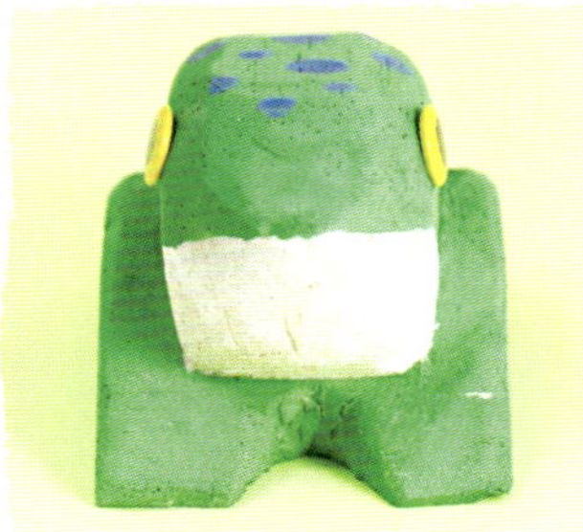

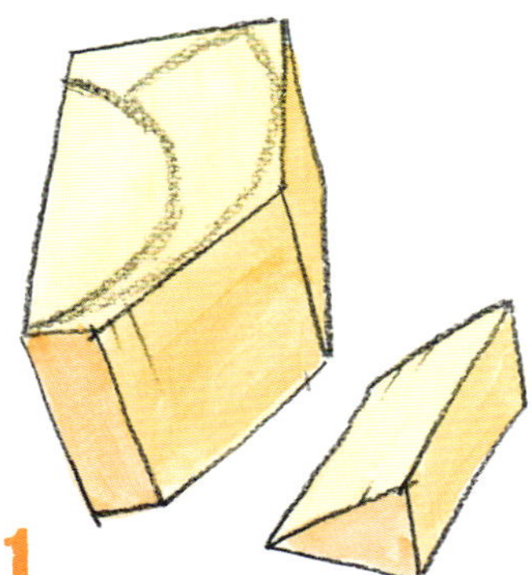

1

Die Vorlage von Seite 62 übertragen. Die obere rechte Ecke absägen, um das Schnitzen einfacher zu machen.

2

Entlang der Vorzeichnung den runden Rücken des Frosches Span für Span freischnitzen.

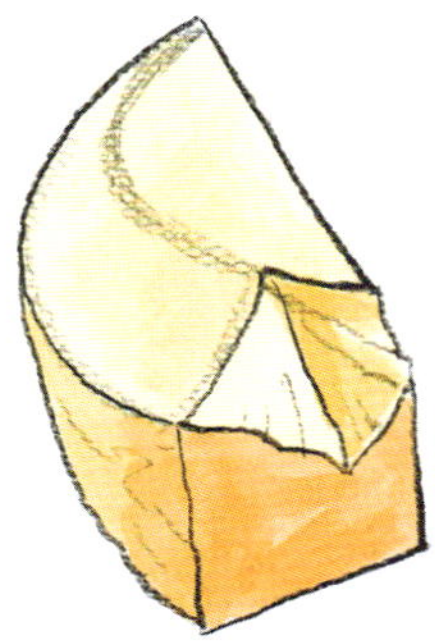

3

Die Form zwischen Kopf und Füßen freischnitzen: Zuerst entlang der Vorzeichnung eine Kerbe herausschnitzen.

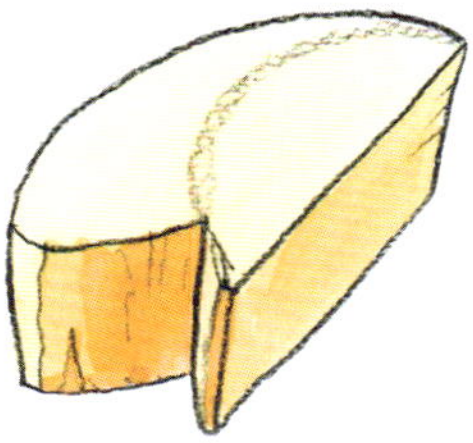

4

Die Kerbe über die Breite der Vorderseite Span für Span weiterschnitzen, bis die ganze Form der Vorzeichnung freigeschnitzt ist.

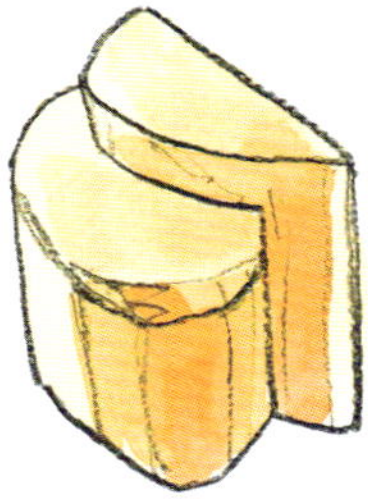

5

Auf der Seite eine gebogene Linie entlang der Vorzeichnung einschneiden. Vorsichtig vom Rücken her Span für Span wegschnitzen, bis das Bein etwa einen halben Zentimeter übersteht.

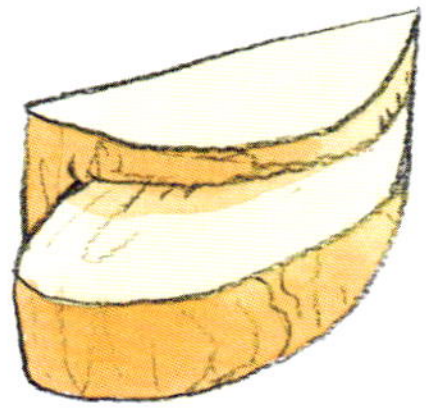

6

Die gebogene Linie auch auf der anderen Seite (spiegelverkehrt!) vorzeichnen und einschneiden. Auch hier dünne Späne wegschnitzen, bis das Bein so wie auf der anderen Seite übersteht.

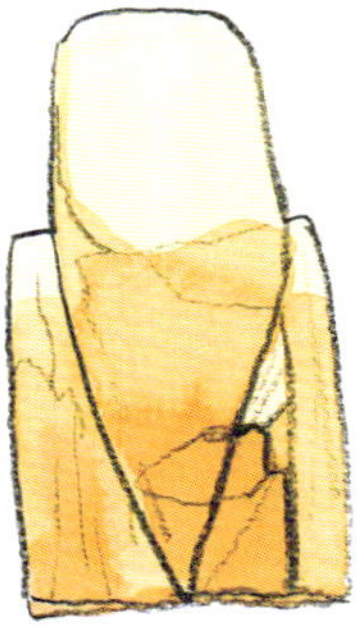

7

An der Rückseite des Frosches weitere dünne Späne vom Körper wegschnitzen, sodass der Schwanz über den Beinen spitz zuläuft.

8

An den Seiten des Kopfes Span für Span wegschnitzen, sodass die Seiten nach vorne hin zu einer halbwegs spitzen Schnauze zulaufen.

9

Anschließend die Kanten des Körpers abrunden. Dazu Span für Span die Ecken wegschnitzen. Die Kanten der Beine nur leicht abrunden.

10

Zwei kleine V-förmige Kerben zwischen den Beinen und dem Schwanz freischnitzen.

11

An der Vorderseite der Beine mittig eine V-förmige Kerbe einschnitzen.

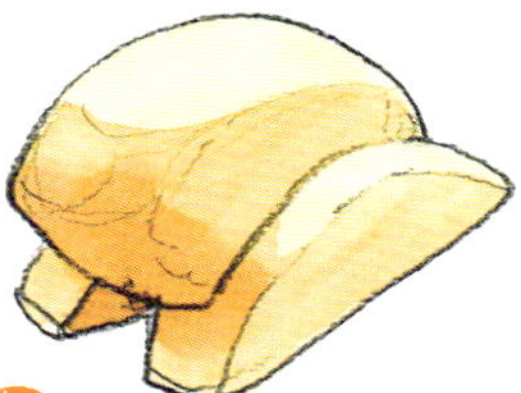

12

Den Frosch sorgfältig mit Sandpapier glätten und bemalen. Mit den Heftzwecken die Augen hinzufügen.

SCHILDKRÖTE

DAS BRAUCHST DU:

2 Heftzwecken

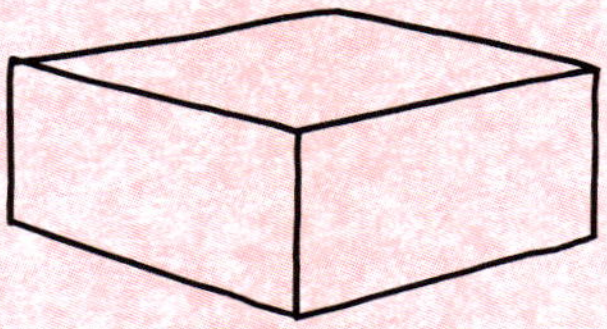

Balsaholz 5 x 8 x 8 cm

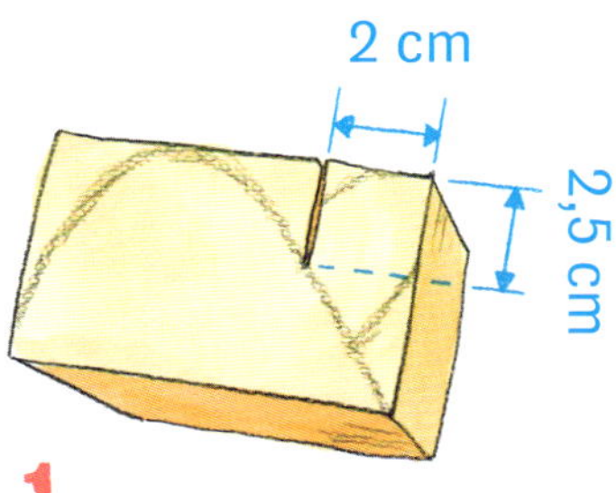

1

Die Vorlage von Seite 62 auf eine der 5 x 8 cm großen Seiten übertragen. Hinter dem Kopf einen 2,5 cm tiefen Einschnitt sägen.

2

Den runden Rücken entlang der Vorzeichnung bis zum gesägten Einschnitt hin freischnitzen. Dazu langsam Span für Span wegschnitzen.

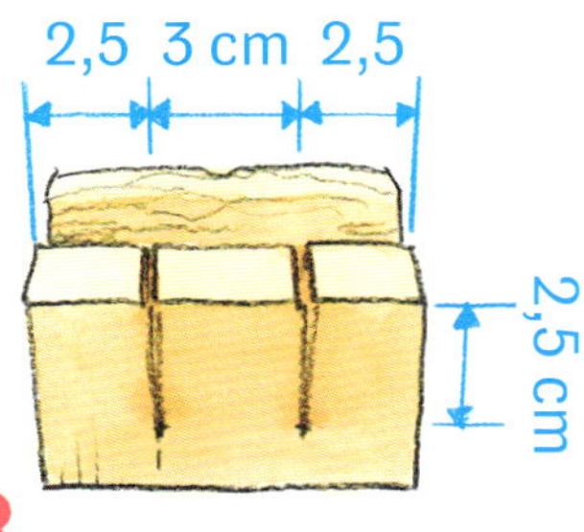

3

Für den Kopf an der Vorderseite zwei Markierungen wie auf der Abbildung anzeichnen. Dann vorsichtig zwei 2,5 cm tiefe Einschnitte sägen.

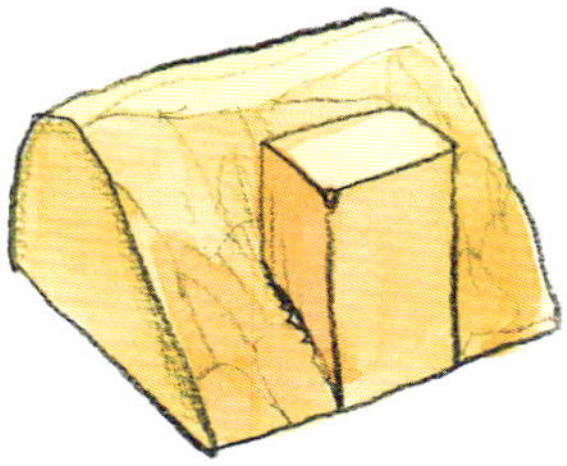

4

Seitlich der Einschnitte Span für Span entlang der Vorzeichnung wegschnitzen, sodass der spätere Kopf freigeschnitzt wird.

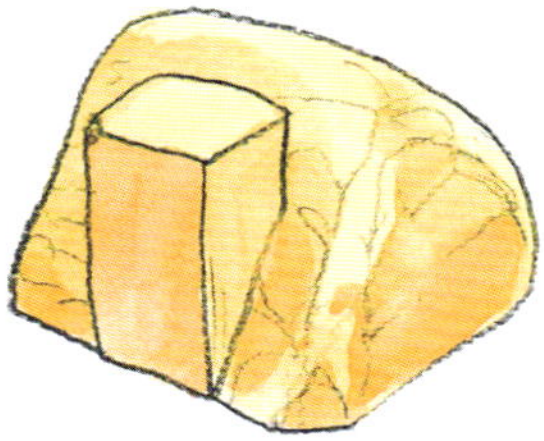

5

Vorsichtig Span für Span an den Kanten des Körpers wegschnitzen, bis diese gleichmäßig abgerundet sind.

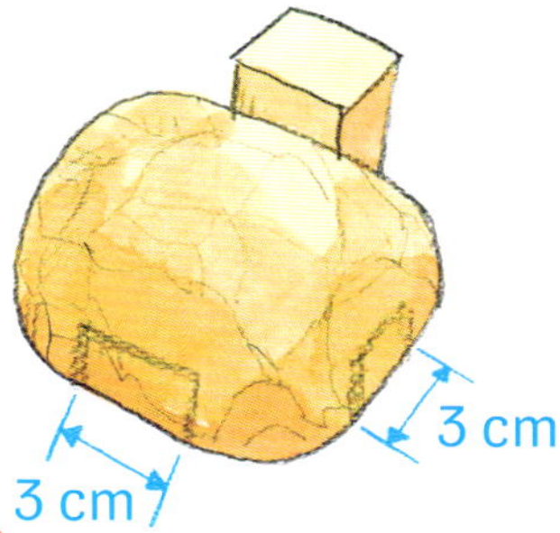

6

Die Oberseites des Rückens weiter abrunden, bis so etwas wie eine Halbkugel entsteht. An den Seiten je eine etwa 3 cm breite Markierung anzeichnen.

7

Entlang der Markierungen Schrägen aus der Unterseite wegschnitzen. Vorsichtig nur sehr kleine Späne wegschnitzen, da gegen die Maserung geschnitzt wird.

8

Wenn alle drei Schrägen geschnitzt sind, noch einmal prüfen, ob sie einigermaßen gleichförmig sind. Eventuell nachschnitzen.

9

Unterhalb des Kopfes ebenfalls eine Schräge wegschnitzen. Sie sollte wie auf der ursprünglichen Vorzeichnung leicht gebogen sein.

10

Um die Form des Kopfes fertigzuschnitzen, am Hinterkopf eine Rundung schnitzen.

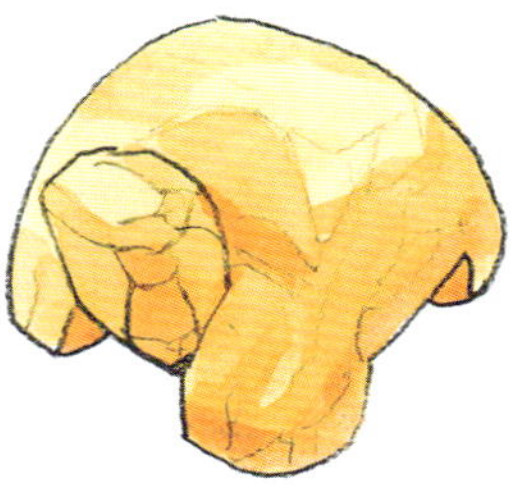

11

Die Kanten des Kopfes abrunden: Vorsichtig Span für Span von den Ecken wegschnitzen.

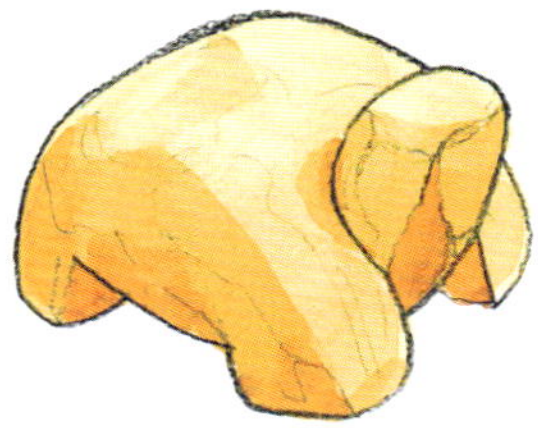

12

Die Schildkröte sorgfältig mit Sandpapier glätten und bemalen. Mit den Heftzwecken die Augen hinzufügen.

MAULWURF

DAS BRAUCHST DU:

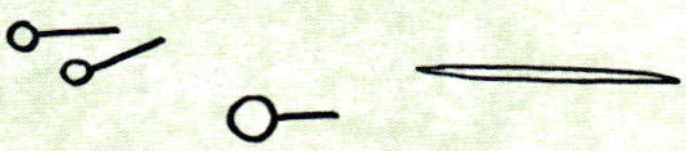

2 Stecknadeln, 1 Markiernadel, Zahnstocher

Balsaholz 8 x 8 x 8 cm,
2 kl. Stücke 3 x 3 x 1 cm

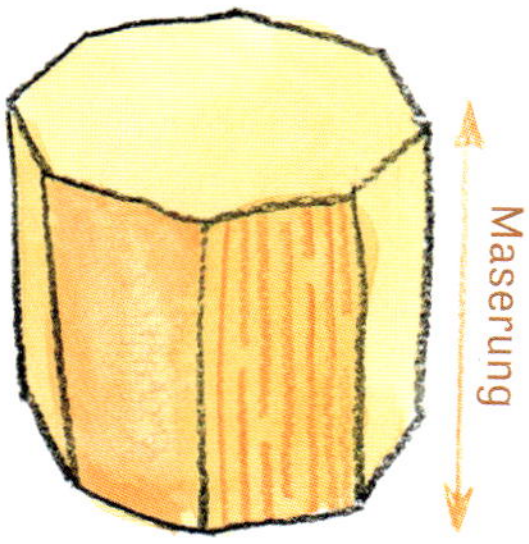

1

Den 8 x 8 x 8 cm großen Würfel so auf die Arbeitsfläche stellen, dass die Maserung senkrecht verläuft. Die Ecken Span um Span wegschnitzen, bis ein achteckiger Klotz entstanden ist.

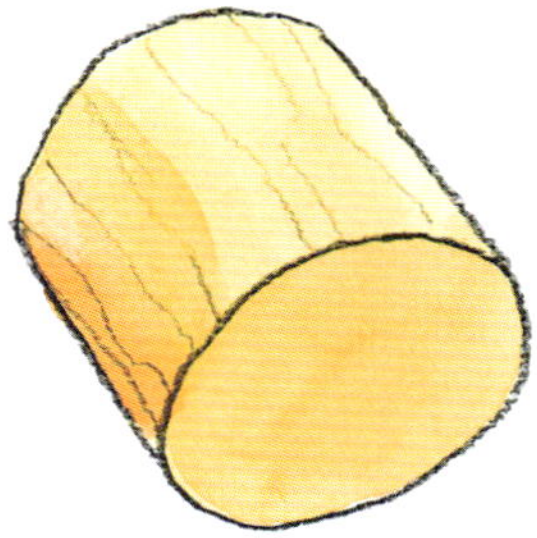

2

Die Kanten nun vorsichtig immer weiter Span für Span wegschnitzen, bis ein dickes Rundholz enstanden ist.

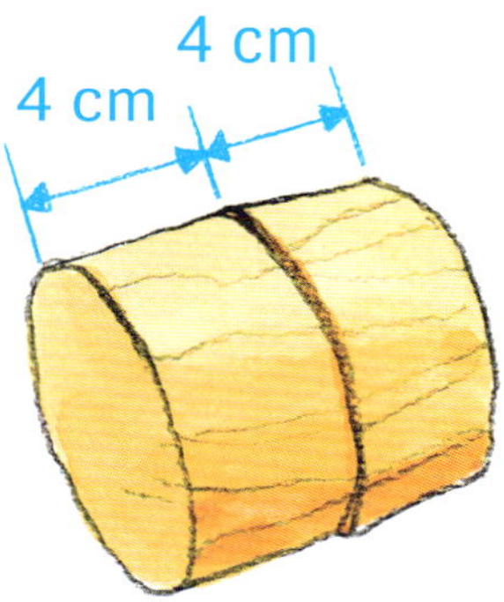

3

Die Mitte des Rundholzes markieren und rings um das Rundholz einen Strich anzeichnen. Den Strich entlang das Rundholz wenige Millimeter tief einsägen.

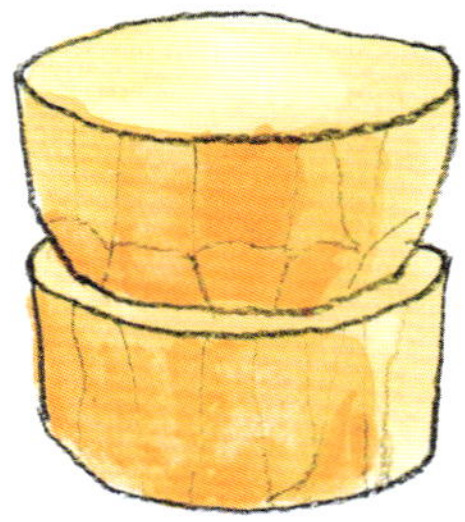

4

Von einem Ende her zum Einschnitt hin Span für Span wegschnitzen, sodass ringsum eine Schräge entsteht.

5

Den Einschnitt vertiefen und weitere Späne wegschnitzen. Dabei darauf achten, dass die Schräge allmählich zu einer Rundung wird. Dieser Teil wird später der Maulwurfshügel.

6

Die Maulwurfschnauze schnitzen: Von der unbearbeiteten Hälfte des Rundholzes eine Schräge wegschnitzen, die zum Einschnitt hin breiter wird.

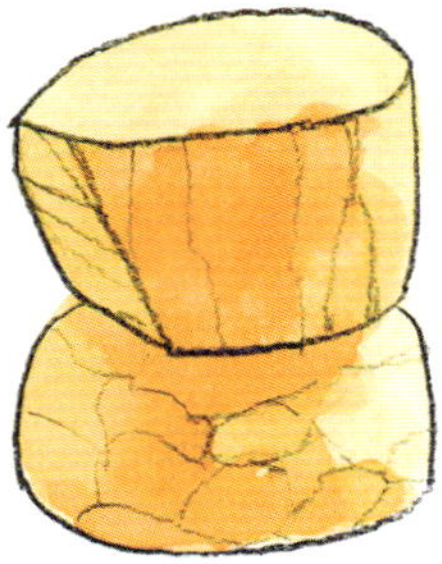

7

Die seitlichen Kanten der Schräge wegschnitzen, sodass eine grobe Spitze entsteht. Unterhalb der Spitze die überhängende Kante am Einschnitt wegschnitzen.

8

Zunächst die Kanten der Spitze abrunden. Dann an den Seiten des Kopfes Span für Span wegschnitzen, bis die Seiten so schmal sind, dass am Einschnitt nichts mehr übersteht.

9

Am Hinterkopf Span für Span wegschnitzen, bis auch hier am Einschnitt nichts mehr übersteht und der Hinterkopf eine runde Form hat.

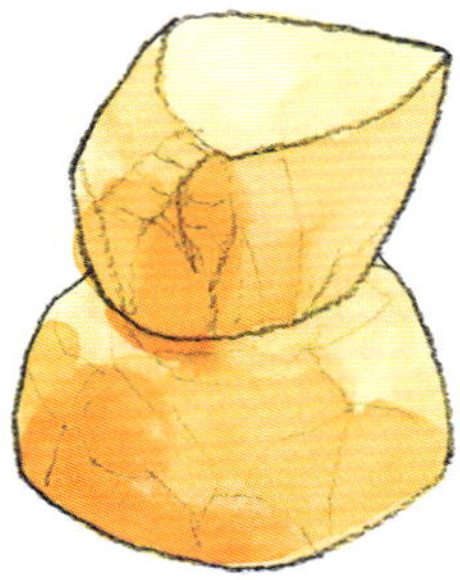

10

Den Hinterkopf abrunden: An der Rückseite direkt gegenüber der Spitze Span für Span schräg wegschnitzen.

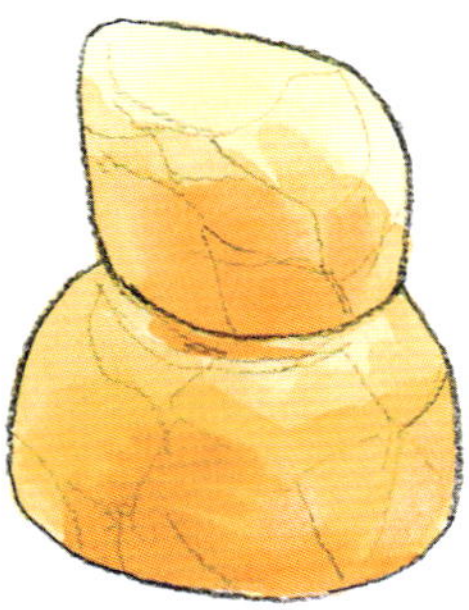

11

Die Kanten oben am Hinterkopf und an der Spitze vorsichtig wegschnitzen, bis der ganze Kopf ringsum schön abgerundet ist.

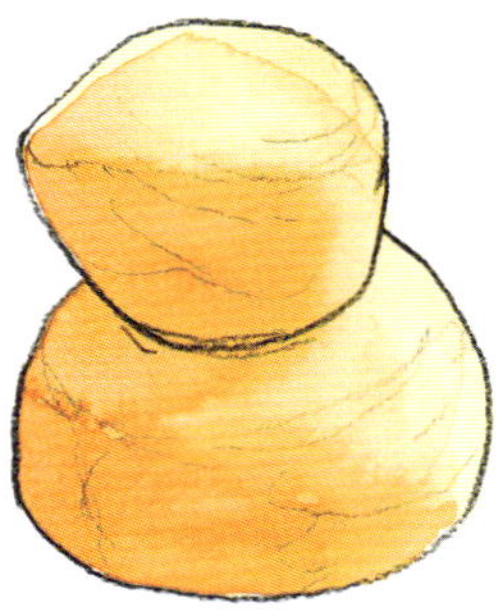

12

Die Figur mit Sandpapier sorgfältig glätten.

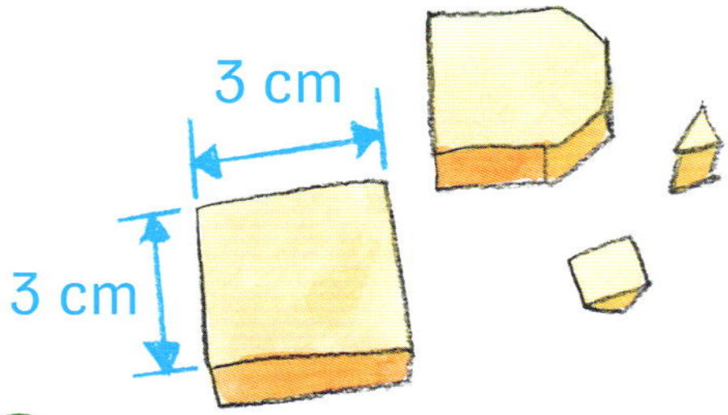

13

Jeweils zwei Ecken der beiden 3 x 3 cm großen Stücke absägen oder wegschnitzen.

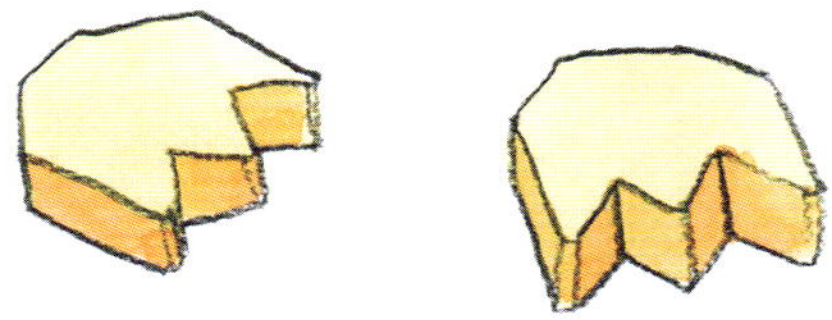

14

Auf der anderen Seite je zwei V-förmige Kerben für die Krallen wegschnitzen.

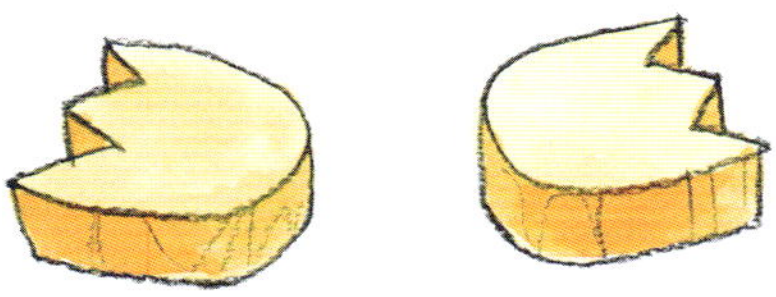

15

An den Ecken der beiden Hände vorsichtig Span für Span wegschnitzen, bis die Ecken abgerundet sind.

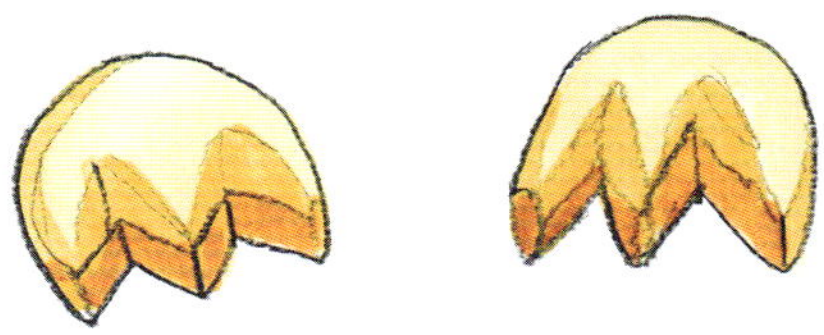

16

Alle Kanten an der Oberseite der Hände vorsichtig wegschnitzen, bis die Hände insgesamt etwas runder aussehen. Dann die Hände mit Sandpapier glätten.

17

Den Maulwurf bemalen, rings um die Augen kreisrunde Flecken hell lassen. Auf den Maulwurfshügel verschiedene Brauntöne und auch Deckweiß auftupfen.

18

Mit den Stecknadeln Nase und Augen hinzufügen. Wenn die Farbe getrocknet ist, die Hände mit Holzleim und Zahnstochern auf den Maulwurfshügel aufkleben.

WAL

DAS BRAUCHST DU:

2 Wackelaugen

Balsaholz 17 x 8 x 8 cm

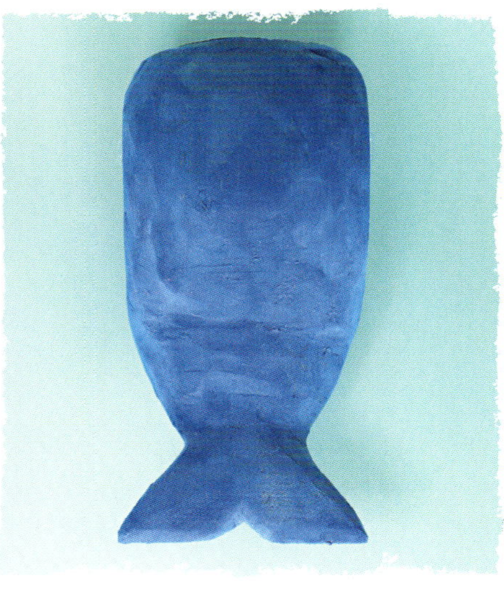

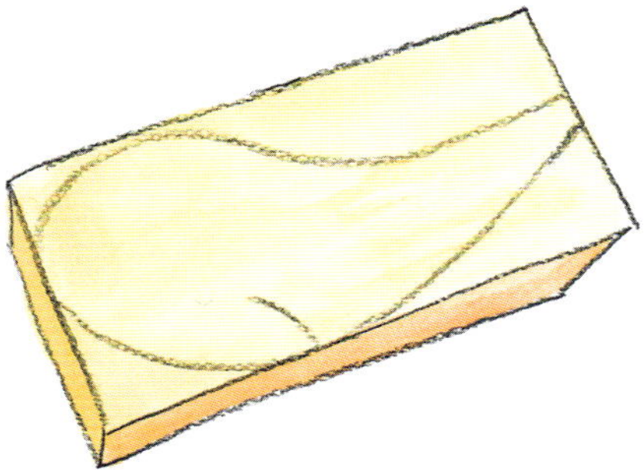

1

Die Vorlage von Seite 63 auf eine Seite des Kantholzes übertragen.

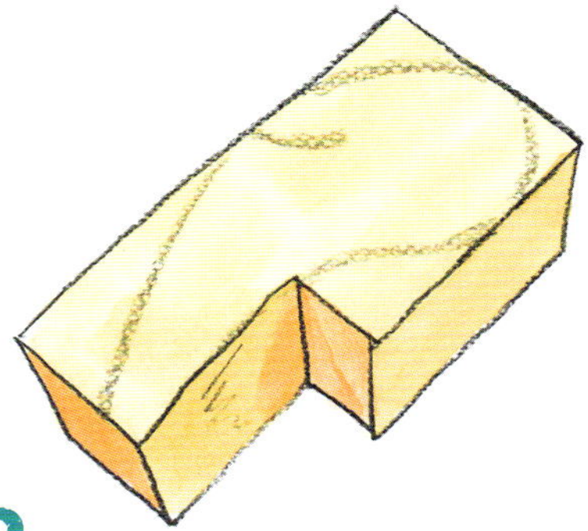

2

Entlang der Vorzeichnung am Schwanzende bis etwa zur Mitte des Rückens einen rechteckigen Klotz heraussägen, das erleichtert später die Schnitzarbeit.

3

Die Oberseite des Wals entlang der Vorzeichnung freischnitzen. Dazu erst Späne von den Kanten und dann in der Mitte wegschnitzen.

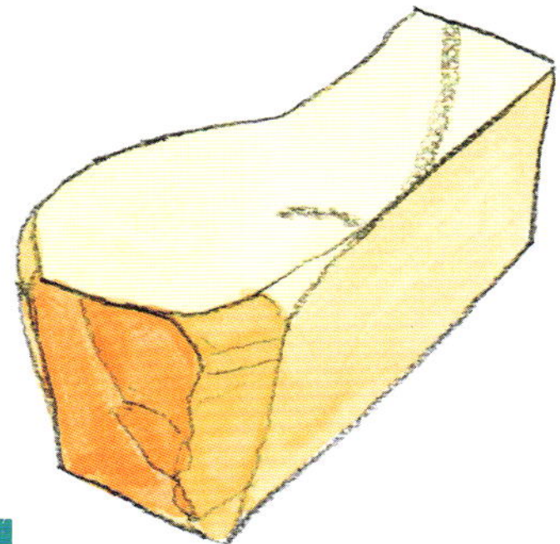

4

Unterhalb des Kopfendes Span für Span wegschnitzen, bis die Rundung entlang der Vorzeichnung fertiggeschnitzt ist.

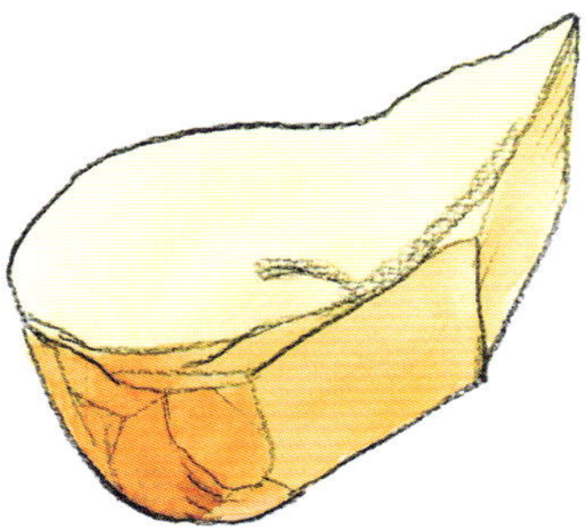

5

Die Schräge unterhalb des Schwanzes entlang der Vorzeichnung absägen oder wegschnitzen.

6

So lange weiterhin Span für Span wegschnitzen, bis die Form des Wals der Vorzeichnung entspricht.

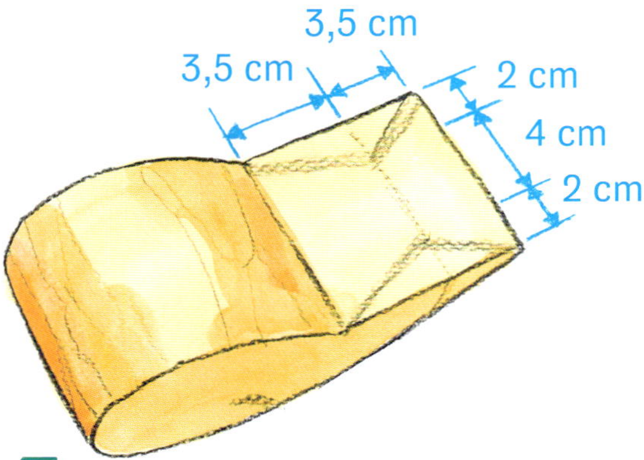

7

Auf der Oberseite des Schwanzes die Flosse mit den Maßen auf der Abbildung anzeichnen.

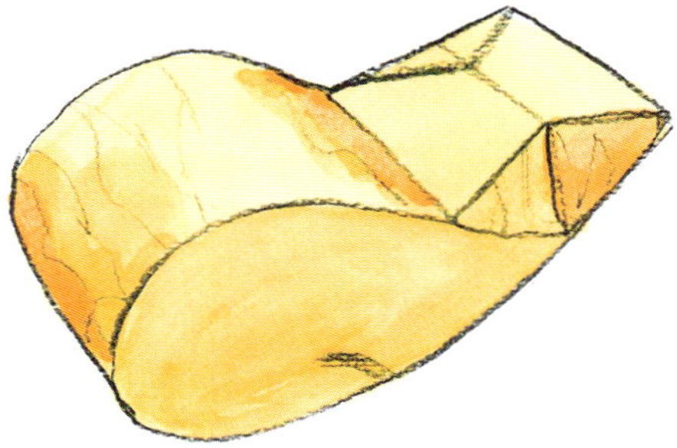

8

An den Seiten des Schwanzes mittig zwei kurze Einschnitte machen. Dann jeweils zum Einschnitt hin eine breite Kerbe entlang der Vorzeichnung wegschnitzen.

9

Die Kerben weiter vertiefen, bis an beiden Seiten des Schwanzes eine weite V-förmige Kerbe weggeschnitzt ist.

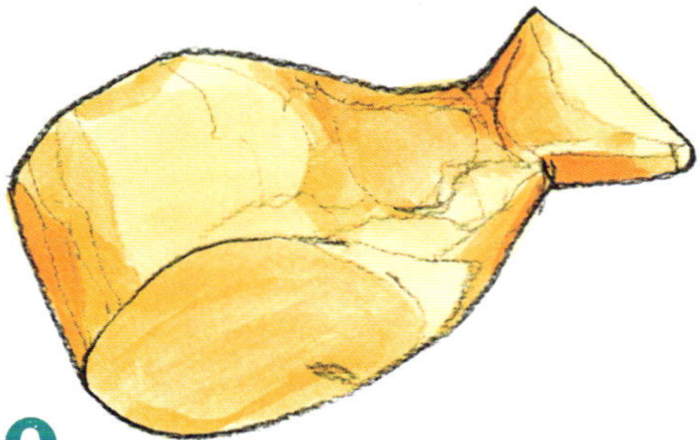

10

Vorsichtig Span für Span von den Kanten des Schwanzes wegschnitzen, bis das Hinterteil des Wals abgerundet ist.

11

Span für Span von den restlichen Kanten wegschnitzen, bis die Kanten des gesamten Körpers abgerundet sind.

12

Unter dem Bauch die Flossen etwa 1,5 cm anzeichnen.

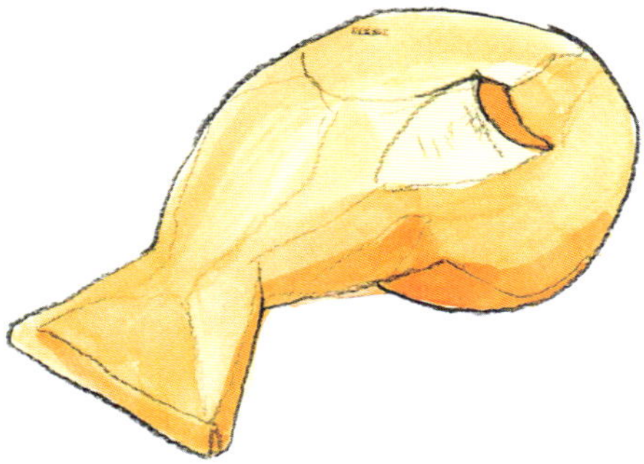

13

Die vorgezeichneten Linien einschneiden und vom Schwanz her die Flossen freischnitzen.

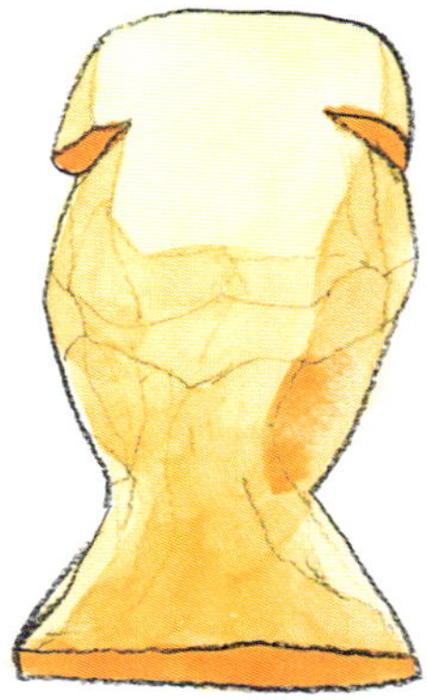

14

An der Unterseite des Bauches und des Schwanzes weitere Späne wegschnitzen, bis die Form gleichmäßig abgerundet ist.

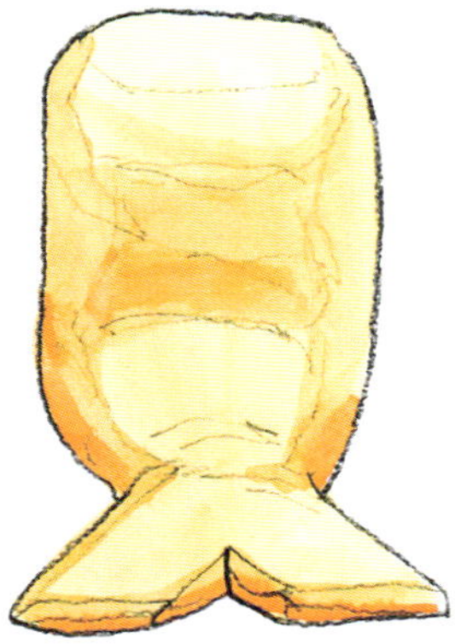

15

Eine V-förmige Kerbe mittig ins Ende der Schwanzflosse schnitzen.

16

Den Wal sorgfältig mit Sandpapier glätten. Die seitlichen Flossen nicht abrunden, sie sollen deutlich zu erkennen bleiben.

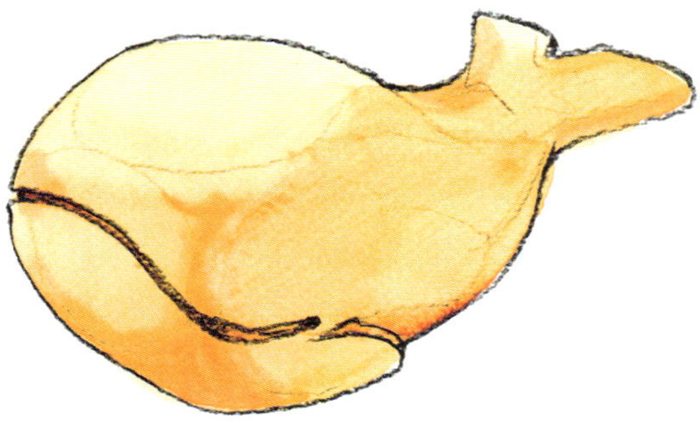

17

Zum Schluss mit einem Embossingstift oder einer Stricknadel das Maul des Wals einritzen. Die geschwungene Linie eventuell ganz leicht vorzeichnen, da sich die eingeritzte Linie später nicht mehr korrigieren lässt.
Den Wal anmalen und die Wackelaugen mit Holzleim aufkleben.

VORLAGEN

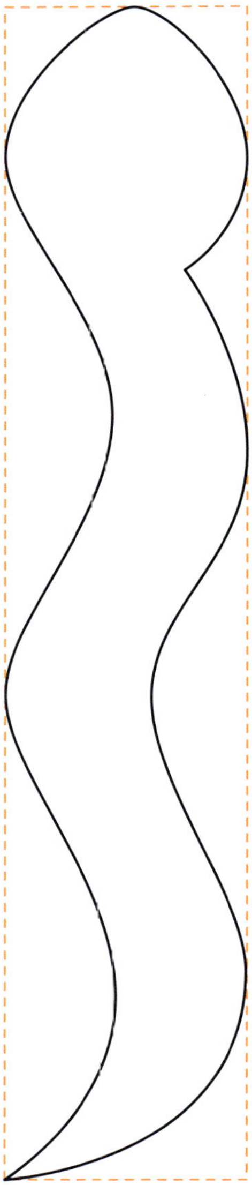

Schlange

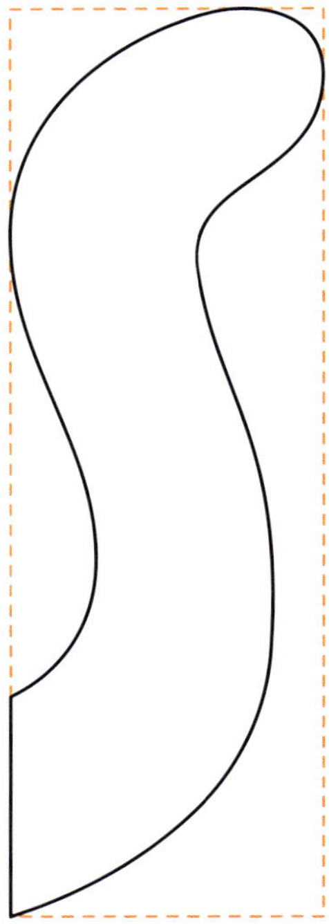

Katzenschwanz

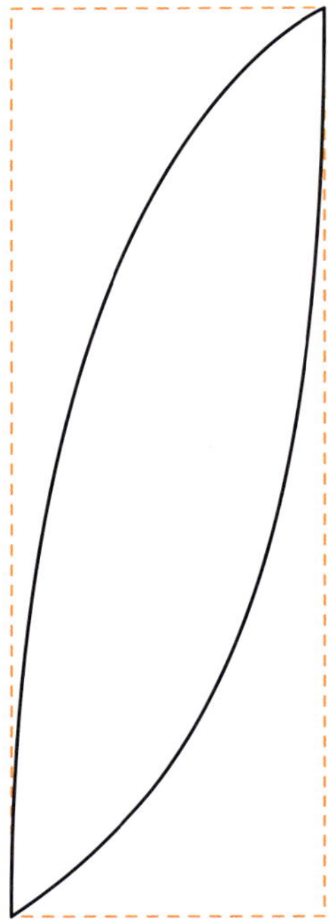

Fuchsschwanz

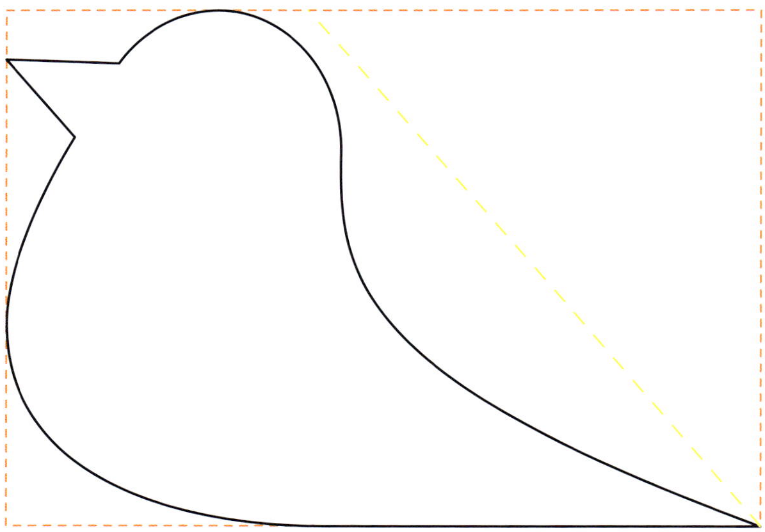

Rotkehlchen

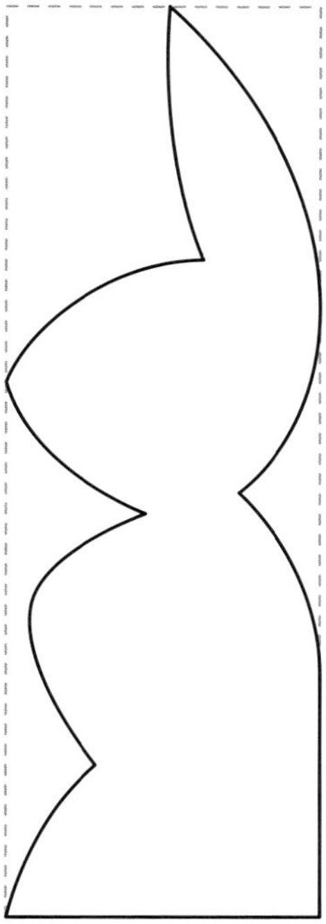

Hase

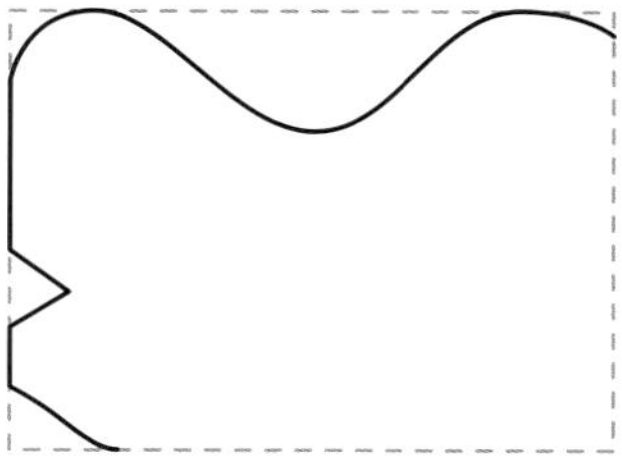

Krokodilkopf

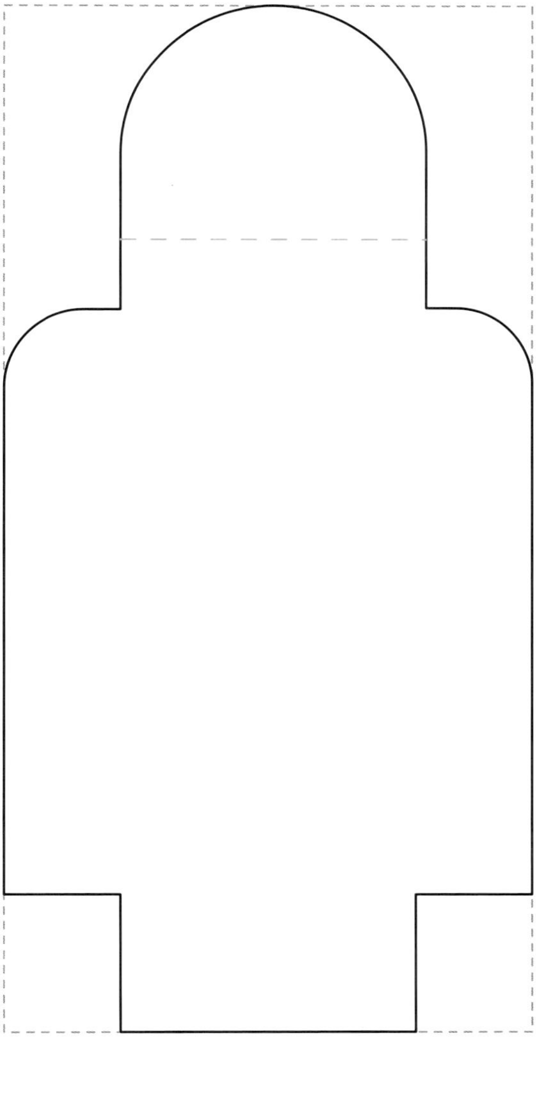

Bigfoot

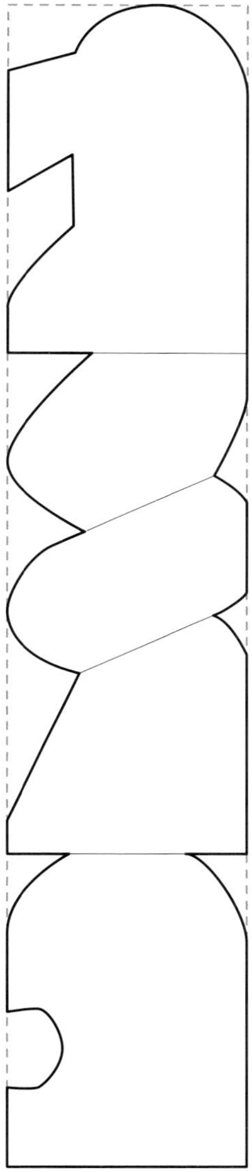

Totempfahl

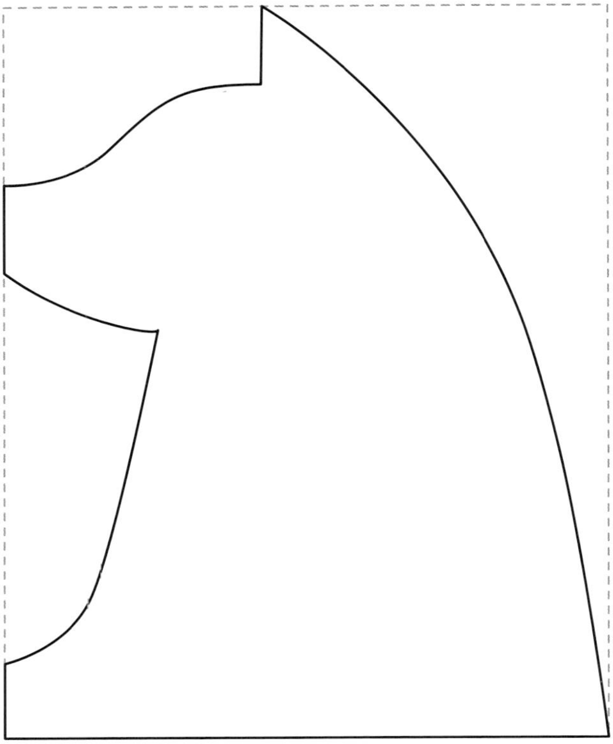

Hund

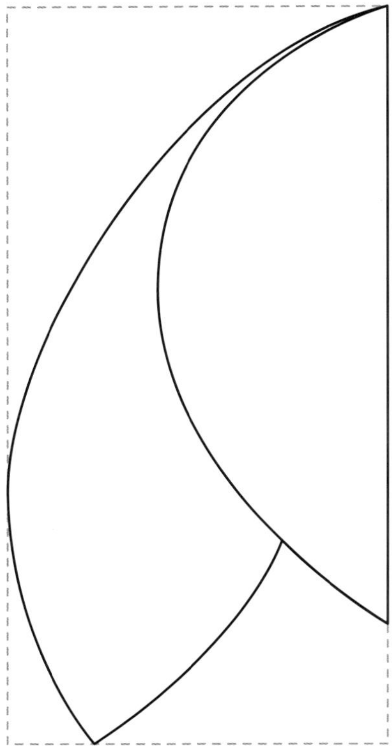

Frosch

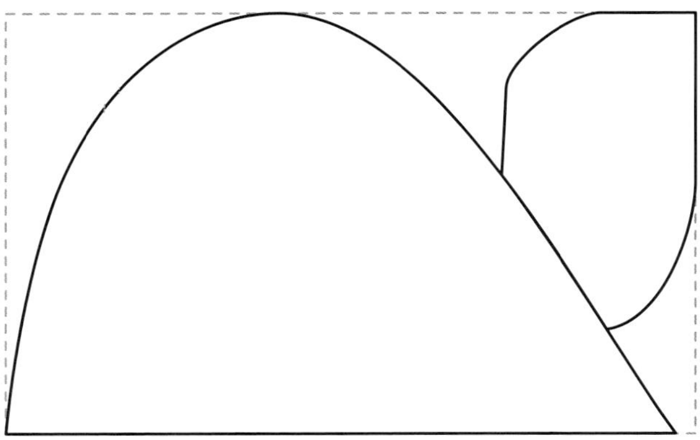

Schildkröte